柿の島　目次

姉の島

一　あたしら、このたび百七十歳になったぞ。

あたしは今年で八十五歳になった。

春のお彼岸にな。

昔からこの辺りの浜では女が八十五の齢を迎えると、倍暦というて齢を倍に数える習わしがある。爺にはない。浜のおなごはみな海女でな、その齢まで海女をやり切った者だけが倍暦になる。

漁協の組合長が海女小屋の畳に手を突いて、

「姉さん方」

とあたしだちの顔ば見上げて決まり通りに挨拶した。

「このたびは長い年月、恙なく厳しか海女の仕事を勤め終えられて、まことにおめでとうございます」

めでたい、めでたい、とみんなが言い合うた。

それであたしは何と八十五歳の倍の百七十歳という齢になってしもうた。昔はこういう凄まじい年寄りの姿を〝白髪三千丈〟などというたが、婆の白髪が三千丈なんぞとは聞くだけでも怖ろしい。一丈言うたら三メートルじゃ、と孫の聖也がのけぞる。ばあちゃん、その三千倍の白髪じゃぞ。倍暦とか白髪三千丈とか、昔の人間は大ボラ吹きもいいとこじゃ。

しかしホラでも何でも昔々からの習わしじゃ。倍暦は春のお彼岸の入りの満潮の時刻に齢を貰う。満潮は日に二回起こるけどな、浜の明るい日中の刻におこなわれる。

今年三月の彼岸の満潮は朝の九時頃でな、海が両手を広げてザワザワザワーと迫ってきた。姿の見えぬ人間だちの足裏が何百、何千、何万も浜に向かってやってくるぞ。

きた、きた、きた。

白い波頭の神々が逆立つ髪毛を巻き上げて押し寄せる。今年の倍暦海女は二人でな、鴫小夜子とあたしは粗縫いの白衣の裾を波に洗われながら眼を瞑っていた。先輩の倍暦海女の鷗井千夏婆が海に向かって何やらぐしゃぐしゃと祝詞のようなものを唱えた。千夏が倍暦を貰うたのは三年前で、それから今年のあたしだちになる。

「姉さ。おめでとうさん」

「お丈夫で長生きしておくんなさい」

と浜の漁協組合も海女組合も口々に言い合うた。島では目上のおなごを敬うて、姉さと呼ぶ。

おばちゃでも、ばあちゃでもなく、みんな年寄りおなごは姉さじゃ。そう呼ばれて長い年月が経った。

しかしじつのところ新参者のあたしだちは、そのめでたい気分がようわからぬ。いったい海が膨れ上がるそのときに、倍暦海女だちは今までどんな気持になったのか、あたしはいろいろ思うていたもんじゃ。

もしかしてそのときは、にわかに背中でもずっしりと重うなったりするんじゃろうか。それとも五体がふわっと頼りのうなって、足がよろよろと萎（な）えたりはせんか。そしてあたしは空の雲にでもなったような寂しい心地になるかもしれん。波に揺らされる海中のカジメやヒジキみたいに漂う感じじゃろうか。

いやいや。実際に自分がそのときになると、別に何事も感じることはなかった。それまで通りの以前のままの婆じゃった。

ただあたしが、この頃、変わったことといえば、天皇という未だこの眼で見たこともないヒトのことを、ときどき考えるようになったんじゃな。こないだまで、そのヒトはヒトの姿をしていても中味はヒトではのうて、昭和の天皇サンからやっとあたしらと同じような人間になられたそうじゃ。

しかし今、あたしの頭の中にござらっしゃる天皇は、きのう今日の天皇とは違うて、ずうーっと昔々の天皇のことじゃ。

その大昔の天皇はもしかすると、未だヒトではなかったのじゃな。いや、いや、これは難しか話じゃ。そんな大昔の天皇は真実この世にござらっしゃったものじゃろうか？

それはちょうど空の上にぽっかりと、ひと切れの雲が漂うていて、それが下界の池の水面に映り、その水面の影が空の雲にまた映って、下界の人間だちがそれを見上げて魂消(たまげ)ておる。そんなもんじゃなかろうか。

ありゃ、空ば見てみれ！

雲の中にヒトならぬヒトがござらっしゃるぞー。

その珍しか影は風が吹いたら霧が溶けるように見えんごとなる。そんな儚(はかな)いヒトではなかったか。

きのう、あたしが初の倍暦海女の寄り合いに行くと、……寄り合いと言うても生きておる先輩は八十八歳の鷗井千夏と、九十歳の鵤(いかるが)シホイしかおらぬが……、「美々浦(みみうら)退役海女名簿」を開きながらシホイが言うた……。

「あたしだちは倍暦なしでも、掛け値なしの後期高齢の年寄りじゃ。そこへいくと昔の天皇ちゅうヒトだちは、つまり掛け値付きの高齢者というもんじゃな」

シホイが開いた名簿には、年ごとに歴代の年寄り海女の名前がずらりと並んで、その下に齢と倍暦と、亡(の)うなった人は死亡した日が記してある。倍暦で記された享年は二百歳を超した年齢が並んでいて、壮観じゃ。

その名前の列のしんがりに、生きてこの部屋のあたしだちの前に座っとる、二人の先輩海女の名前がある。

鳰　シホイ　九十歳　春秋暦　百八十歳
鷗井　千夏　八十八歳　春秋暦　百七十六歳

倍暦というのは春と秋の彼岸に一歳ずつ齢をとるので一年に倍々と増えていく。シホイがあたしだちの名を書き入れた。
最初があたしじゃ。

雁来（がんく）ミツル　八十五歳　春秋暦　百七十歳

と記される。あたしはすうと息を吐いた。背中に三千丈の白い髪の毛がかぶさる気がした。
その次に小夜子の名が並ぶ。

鴫　小夜子　八十五歳　春秋暦　百七十歳

鳴小夜子が、シホイに聞いた。

「昔の天皇の齢はどのくらいになるんじゃろ」

「おう、そねえなことはすぐわかるぞ」

鳰シホイは机の前に筆を握って座っとるから、昔の学校の先生のように見える。シホイは名簿に挟んである色褪せた古い一枚の書き付けを取り出した。

「初代のジンム天皇は『にほんしょき』という書き付けでは百二十七歳と記されとる」

「それは倍暦の齢じゃろうか」

小夜子は首をかしげる。

「あたりめえじゃ。大昔の人間が百歳超えて生きとるもんか。倍を掛けた齢に決まっとる」

とあたしが言うた。

「うむ、そうすると百二十七を2で割って……」

横に座っとる鷗井千夏が掌(てのひら)を算盤(そろばん)にして指を動かして、

「まことの年齢は六十三歳と半分じゃな」

千夏婆は今年八十八歳じゃが頭はよう動く。

「半分ちゅうのはどういうことや？」

「秋の彼岸がきて一つ齢をとったけど、春の彼岸のときにはもう死んでおったんじゃねえか……」

しかし、そもそもジンム天皇というヒトはあたしだちが子どもの頃から、名前はよく耳にするがいったいいつの時代に生まれたんじゃろうか。子どもの頃はこういうヒトだちは神様と呼んでおったので、そんなことは深うは考えたことがない。

神様が生まれるのはこの世の初めじゃなかろうか。するとこの世の初めとはいつじゃろう？

「生年月日はあるにはあるようじゃが、何じゃ、一月一日生誕とあるだけでな、天皇御在位というてな、天皇をやっておられた期間が七十六年間ということじゃな」

「いつの時代の七十六年間じゃ？」

「そりゃわからん。とにかく死になさったのは百二十七歳ということになっとる。つまり、大昔のいつの時代かの三月十一日ということじゃな」

「西暦で言うてくれんかね、西暦で」

と小夜子が冷やかした。

「ところで、『こじき』によるとジンム天皇の亡うなった齢は、百三十七歳と書いてある。『にほんしょき』の百二十七歳とでは十歳ほど齢のズレがあるけども、大昔のことじゃからこのくらいのズレは仕方あるめえ」

とシホイは鷹揚に言うた。

みんなそろうてハハハと笑うた。

シホイはさらに書き付けの文字を眼で追うて、

「しかし二代のスイゼイ天皇はこりゃあんまりズレ過ぎとるぞ。『にほんしょき』では八十四歳とあり、『こじき』は何と四十五歳じゃと」

それを聞くと、横から千夏が心得顔をしてこう言うた。

「おう、それも倍暦みたいなもので『こじき』の四十五歳が本当の齢じゃろう」

なるほど！　とあたしだちはうなずいたもんじゃ。

「八十四歳の半分は四十二じゃからな、端数は違うがだいたいそんなもんじゃろう」

「よかろう、よかろう」

とあたしだちは勝手に上機嫌で言い合った。

大昔の天皇の齢がなんぼズレていようが、それは空に浮かんだ雲の形をなぞるようなもので大したことではねえ。

あたしの見たところ、何というても倍暦で長命なのは十二代のケイコウ天皇じゃと思う。『にほんしょき』には百四十三歳、『こじき』には百三十七歳とある。

「しかしその天皇の倍暦と、停年海女の倍暦にどんな関係があるんじゃろう」

と小夜子が首を上げた。

「それはな」

とシホイが改まった声で言う。

「ジングウ皇后が三韓征伐に行かれたとき、海の神様の安曇（あずみ）の磯良（いそら）が水先案内をしたんじゃな。

皇后はそのお礼に海で働く海女に倍暦をくださったということじゃ」

「漁師も海で働くぞ」

　と小夜子。

「そりゃ男にはやらん。女同士じゃもん。皇后さんの思いが深かったんじゃな」

　あたしだちは黙って顔を見合わせた。流れゆく雲の行方を追うようなあてどない話じゃ。千夏がお茶の用意を始め、あたしは漁協組合から祝いに貰うた芋羊羹を小皿に分けた。

　海女の寄りに使うお茶の葉類は漁協組合費から当てる。共済からは僅かでも年金が出る。暮しが立つ額ではないが、島の電気・水道代にはなる。雲の上のまぼろしの世界から年寄りの光熱費が下がる。有り難うておかしい話じゃ。


　帰り道を小夜子の車はいつものようにガンガン飛ばす。島の年寄りは爺も婆も暴走族じゃ。対向車もめったにない。

「わしはまだ当分この仕事は辞めとうない。九十までは仕事するつもりじゃ」

　美々浦の浜では海女の停年は決まっておらぬが、八十五の齢に倍暦百七十歳をキリにして、大方のおなごは陸に揚がる。

　小夜子の家は夫婦だけで子どもはなく、亭主は漁師を辞めて陸に揚がると中風を患った。小夜子は自分が動ける間は何とか働くつもりでいるんじゃ。あたしもそれを聞くと、まだまだ海で働こういう気になる。あたしの抜けた後の海で、カジメの黒い林を独り潜る小夜子の姿を眼に浮かべると胸が切のうなるからな。

小夜子は九十までと言うが、何年か前の新聞には新潟の現役海女で最高齢のおなごの話が載っていた。その婆は当年取って九十歳ということじゃった。今もまだ潜っていれば百歳になるじゃろうが、さすがにもう仕事仕舞いをしなさったろう。しかし海女の仕事はそのくらい齢をとってもできるもんじゃ。

水に逆らわず従うて潜るなら、陸の人間よりも海女の心臓や血管は波に鍛えられて強うなる。海は年寄りが働くにはまこと有り難い仕事場じゃ。

今でこそアワビ獲りの解禁は五月から九月と定める浦が多いが、昔、海の底が今より栄えて、アワビがようけ生育していた頃は、一年中あたしだちは潜った。天然アワビは水の冷たい冬場のほうが美味いからな。

雪の一月や二月でも潜らぬ日は一日もなかった。今の若い海女には信じられぬじゃろうが、素裸で飛び込んだ。陸の常識では冷たい水は心臓麻痺を起こすというが、この美々浦には真冬の海の素潜り漁で死んだ海女は一人もおらなんだ。

そんなきつい潜りじゃからこそ、心臓も血管もピカピカに磨き込まれ、鍛えられた。

今は懐かしい思い出じゃが、あたしだち美々浦の海女はみんなで潜っていた。

海の中は深いところも浅いところもある。山も谷も平地も大きな深い池もある。急流がごうごうと物凄い速さで流れるところもある。その海の底の、めいめいが自分の年季に見合うた場所でアワビを獲った。

磯付きの浅瀬では若い海女だちが、桶を浮かべて潜っておる。その磯付き海女も仲間と一緒に潜る。五、六メートルの浅瀬でも海の中は何が起こるかしれんから、独りで仕事することはない。

年季の入った海女だちは二十から三十メートルは潜るので、海女舟(あまぶね)を雇って沖へ行った。一尋(ひとひろ)はおとなが両手を伸ばした長さじゃから、五尋といえば十メートルにまだ足りぬのう。息をこらえて早う底へ潜らねば、アワビを獲って戻ることができぬから、二分か、二分半の短い時間の勝負じゃな。

人間の体は水に浮く。

海の潮水ではなおさら浮いて、沈むもんではない。

そこで早う海底のアワビのシマへ降りるためには、フンドウというて二貫目ほどの錘(おもり)を付けて一息に潜る。シマというのは漁場のことじゃ。潜ったら今度は揚がるときのため、いち早くフンドウの綱を放す。それからアワビの隠れ場所に当たりを付けてひと掻きじゃ。

あたしだちはそのフンドウ海女を長いことやった。

海の中を思い出すと、もう亡うなった祖母(ばあ)ちゃや、母(かあ)ちゃ、叔母っちゃだちが、黒いカジメの森をひらひら上がり下がりする姿が浮かんでくる。今はみんな家の仏壇の中でお位牌になっとるがな。男の戒名には居士、おなごの戒名には大姉が付けられる。ははは、姉さが死んで大姉になったんじゃな。

その祖母ちゃも、母ちゃも、叔母っちゃだちも、生きとるときは裸じゃった。海女の白ふんどし一つじゃ。年寄りの祖母ちゃだけが股引をはいておった。

それでどうも生前の服を着た姿は思い出さねえ。

海女には太ったおなごは一人もおらぬから、祖母ちゃも、母ちゃも、叔母っちゃも、小娘みたいな小さい乳房と、クッと締まった腹と、小ぶりの尻の持ち主で、魚のようにほっそりした体つきじゃ。

カジメの森を息をこらえて、おなごだちは上がり下がりする。祖母ちゃも、母ちゃも、叔母っちゃも、従姉妹に姪っ子だち。みんな細い白ふんどしを締めた裸が、ゆらゆら揺れるカジメの黒い森に見え隠れする。

深いカジメの森はアワビの寝床じゃ。

春先の海の中は陸の山地と同じで、海藻の芽吹きで黄緑色に豊かに濁っておる。そのもやった水の中にひらひらと行き来する人影が、あたしの母ちゃと思えば祖母ちゃであったり、叔母っちゃと思えば母ちゃであったりする。

海の中は幻のようじゃ。

広い広い波の天井は白く眩く輝いて、振り仰ぐと大きな丸いお天道の光の輪が揺れ動いている。

海女舟の上で見上げる空のお天道は掌ほどの日輪じゃが、波の下から眺めると水面に溶き流したように何畳敷きほども広く見え、そこからお天道の光のカケラが泡立ちながらギラギラと落ちてくる。海中の日輪様とあたしだちは言う。

水の中ではその光も青白う染まっていた。


あたしは倅(せがれ)夫婦と孫夫婦の四人と一つ屋根に暮らしている。

倅の太蔵(たいぞう)と勤子(いそこ)夫婦は一緒にアワビ獲りへ出て行く。

孫の聖也は元根(もとね)島の町役場に出るついでに、嫁の美歌(みか)を近くの磯に送って行く。美歌のように若い女だちは磯に近い岩場のシマで仕事をする。

太蔵は少し沖にあるアワビのシマに海女舟を出し、四人の年季の入ったおなごだちが太蔵の息綱に命ば託して海に潜る。嫁の勤子も舟に乗ればその海女の一人となる。

太蔵は水中でアワビを獲る四人の、息が切れかかる三分を船上で計って引き揚げる。一人一人の息が保(も)つ三分間をシオに息綱を摑む。おなごだちの命ば摑んだ仕事で、誰でもできるもんではない。

あたしは毎朝、家族が出払うた庭先で洗濯物を干した。倍暦を貰うた後も、小夜子の古いワゴン車はあたしを迎えにくる。小夜子は車の運転歴は五十年以上になる。アワビの漁期には毎朝あたしを乗せて浜へ出た。家族より近い人間じゃ。

「今朝は早うから蜃気楼が立ったぞ」

浜へ行く道々、小夜子が言う。

「久我島の方角の沖じゃ。白い船がグーンと縦に伸びとった。島も船もゆらゆら揺れて綺麗じゃった」

春は蜃気楼のシーズンで、条件が良い日は蜃気楼予報が出る。風が吹くと流れてしまうから穏やかな天気の日にかぎる。

浜に着くと上着を脱いだ。あたしと小夜子は伸縮性のあるジャージのシャツに、下はスパッツとやらいう股引を穿く。昔はこんな邪魔なものは身に着けんじゃったがのう。美々浦の海女が服ば着て入るようになったのはいつ頃じゃったろう。

若い海女が入るのはまだ五尋そこそこのシマで、水深がないから海中は明るい。辺りは竜宮城のようじゃった。小魚の間を縫うて乙姫があっちにもこっちにもひらひらしていた。素裸の乙姫だちじゃ。

あの乙姫だちは今は何処に行ったろうか。
十七、八の、おなごの肌の美しか年頃じゃ。
青白い細身の二つ折りのナイフみてえに、優しいくの字の形にさ、身ば屈伸して潜ってくる。天女の舞い降りてくるようじゃ。娘だちの太腿には波の青い色が染んで、片手に握り締められるくらいの小さいふんどしが白い股を覆うていた。

あの竜宮のおなごだちは何処へ行ったじゃろうか。

そりゃ、ここにおる。

あたしだちは海の乙姫のなれの果てじゃ。

今の乙姫はウェットスーツば着た者もおる。ぴったり五体を締め付けて遠目に見ると沖のサンマかトビウオのようじゃ。

あの美しかトビウオだちの一匹に、うちの美歌がまぎれている。去年、孫の聖也が本土の水産大学校を卒業して帰ってきたとき、この娘を一緒に連れていた。

太蔵も勤子もあたしだちは、腰が抜けるほど吃驚したもんじゃ。ボストンバッグ一つ提げた、真っ黒に日焼けしてヒョロリと痩せた娘が玄関に立っておった。

聖也と同じ学校で海洋学とかいうものを習うた娘が、なんと海女になると言うてうちへ嫁にきた。勉強半分、嫁探し半分の腰の定まらぬ聖也にしては、なかなか出来の良い嫁を捉えてきたもんじゃ。

小夜子とあたしは潜って体が冷え切ると浜に揚がり、一斗缶をくり抜いた中で火を焚いて、綿入れ半纏を引っ被って急ぎ暖まった。周りには若い娘はおらん。齢とった者ばっかり集まって、焚き火に焦げるくらいくっついて暖を取る。

「おばあちゃん、ウェットスーツ着ると暖かいのに」

水から揚がってきた美歌があたしだちのほうにきた。

そんなぬるぬるした気色の悪い服が着られようか。それと水の中では冷たさを感じる方がいい。

長く潜っていると危ない。冷たい、冷たい、と思うて早く揚がるほうが安全というもの。それに冷たい水に入ると体は締まってカッと熱うなる。人の体は不思議なもんじゃ。

不思議といえば海中の不思議というものがある。

水の中では眼に映るものがすべて青味を帯びてくることじゃ。深く潜るほど青味が増して赤い珊瑚が青になる。

青い青い珊瑚の花畑が広がっておる。

青緑色の水底にはカジメの林、メカブの原、大岩小岩のガレ場がある。漁師が蒔いたアワビの稚貝はふくふくと育って、岩の間、海藻の根元、針山のようなウニの陰に隠れておる。

アワビの貝殻は辺りの岩とそっくりの色じゃ。でこぼこしてざらざらして岩と変わらねえのに、息止めて潜りきってひと目でパッと眼に入る。

姉さ、ここじゃ、ここじゃ……。

とアワビがあたしに言うている。

「アワビと岩と似てるのに、何で違いがわかるの?」

と美歌がしきりに言う。あたしは何と答えてやるかわからぬ。海女をしていると不思議に思うことは一杯ある。命のない石と、命のあるアワビの違いを、あたしらはひと目で見分ける。アワビの殻には小さい穴がポツポツと並んどる。よう見れば岩とアワビの違いは歴然としておるが息を堪(こら)えとる海の中で水は暗いし時間は過ぎる。なかなかその小さい穴を見定めることは難しい。

しかしあたしらはアワビの棲む場所は、何とのう見当がつくもんじゃ。水の澄んだ浅い瀬なら波の上からでもおおよそわかる。命のあるものがそこにおるという気配がする。

「気配？」

「ああ、アワビの気配じゃ」

美歌とあたしは顔を見合わせた。

昼の弁当を食べてから年寄りは浜を後にした。

浜ではまだ若い海女だちの磯笛が聞こえている。若い海女も年寄り海女も波間に吐く磯笛の息は哀れに響く。

「あんたとこは倅の嫁も、孫の嫁も良か子を貰うたな」

とハンドルを握った小夜子が言うた。そうかもしれんと思うが、子を持たぬ小夜子なので、

「そうかな」

とただ笑うてみせる。

「それでもあの美歌という子は変わっとるぞ」

あたしはこないだの夜のことを思い出した。

美歌が台所で洗い物をしながら勤子に言うていたんじゃ。大きな声でな。

「お義母さん、お年寄りに倍暦を授けるのって気の毒じゃないですか？」

「どうして、有り難いことやないの？」

「なんかお年寄りに重石を掛けるようじゃないですか。倍の目方の……」

台所がしんとなった。勤子の顔が見えるようじゃった。

「……」

重石か。あたしはなるほどと思うた。うまいことを言う娘じゃ。そういえばそうかもしれん。

ずっしりと重石を背負うた老人の姿が浮かぶ。

「若い者にはそう見えるかもしれんが」

小夜子が笑いながら言う。

「わしら、神様の身内になったんじゃ。ほれ、身が軽うなっとるじゃろう」

ハンドルを握ったまま小夜子が肩をひくひくさせる。あたしは独りで笑うた。重たいか、軽いんか。思えば奇妙なものば貰うたもんじゃ。

途中の舟木岬(ふなきみさき)の端(はな)で小夜子が車を停めた。

空はよく晴れておった。真っ直ぐな小道の先にコンクリの柵があり、真一文字の沖が広がっておる。美々浦の絶景というて本土からも観に来る人間がある。

頭に被った小夜子の手拭いが風に飛びそうになる。

「なんや今日は特別、良か景色に見える」

小夜子が手拭いを押さえながら言うた。

晴れた日は、昔から岬日和といわれとる。

「あっちの海の底には潜水艦が一隻じゃったな」

と、小夜子が西の沖を指さした。

昔のことじゃ。この岬から二十キロほど行った辺りに、沈没船があるという噂を島の年寄り連中から聞いていた。似たような話は東の沖にもあって、こっちは貨物船が沈んでいるという。

「沈んだ船ちゅうもんは、長い間、潮にも流されんで、じっと動かんもんじゃろうか」

潜水艦が沈んだのは、先の戦争のときじゃったか。

もとから九州のこの辺りは海の行き来が賑やかで、貨物に、漁船、ちょっと昔は鯨捕り船まで、もうちょっと昔は遣唐使ちゅうて唐国(からくに)に行く船も通った潮路がある。

舟木岬の沈没船は潜って調べることもない。ただ、ここから東に四十キロくらい沖では、終戦の翌年の日にちもハッキリしている四月朔日(ついたち)のことじゃ。アメリカの手に渡った日本海軍の潜水艦が二十何隻か戦後処理とかで爆沈処分されたという。

そのことは先年から調べが少しずつ始まり、地元の新聞に点々と船の在処(ありか)を示す真っ暗けの海底写真が載った。

春の真昼に潜水艦は次々と撃沈された。船の大量処刑じゃな。

しかしそれがまことなら、この辺りの島々に爆発の音が轟き渡ったんではあるまいか。四十キロの彼方では無理じゃろうか。その音については年寄りの話で、どこの島でも聞いたことがない。

七十年も前の事件じゃからな。

舟木岬に沈んでおるらしい潜水艦は、もしかするとアメリカの海軍が五島の沖に曳いて行く船のその一隻ではなかったじゃろうか。その船はもう傷ついてぼろぼろで、途中で進むことができんようになり、ここの沖合いでとうとう処分されたのかもしれん。

それを言い出したのは小夜子じゃった。

何やら見てきたように、しきりにしゃべり出した。

「アメリカに捕らえられた船じゃからな。必死で抵抗ばして戦うて、煙突がもげたりな、エンジンが止まってしもうたりしたんじゃねえか？」

はて、潜水艦に煙突があったじゃろうか？

小夜子の眼に映るのは、刑場に引き立てられて行く哀れな罪人の姿で、自力で動けぬ者は力尽きた所で命を絶たれるしかあるまい。

小夜子の話につられて、あたしの眼にもそんな潜水艦の最期の、砲弾を喰ろうてぐらぐらと倒れかけ、海中に膝を突いて、みずからの運命に従うごとくに身を沈めてゆく、そんな姿が浮かんでくる。

「しかし本当にこのすぐ先で爆沈されたなら、昭和二十一年の四月一日に、その音を聞いた者がおるんじゃねえか？　ここなら近いはずじゃが」

そのときあたしと小夜子は十三歳じゃった。終戦の翌年の春じゃが不思議にその年の記憶は抜け落ちたところがある。その春に桜が咲いたことも、学年が進級した前後のことも、ただもうどさくさにまぎれて消えてしもうた。

日本が負けた年の、あの夏のことは覚えている。本土の長崎の町が原子爆弾の火の玉で吹き飛んだ。あの町と、この島と波の下では地続きじゃ。海の底も揺れたんではねえだろうか。

「じゃから貨物船の方も、戦時中の物資を運ぶ途中でアメリカに捕らえられたんじゃねえか。これも満身創痍（まんしんそうい）の態でな、とうとう一緒に沈められたということもありはしねえか？」

「そうかもしれん」

とあたしはうなずいた。

しかし、そうではないかもしれんとも思う。肝心の二隻の船が真にこの波の下にあるかどうか、確かめねえ限りは何とも言えんじゃろう。

小夜子の頭の中では二隻の船の影が水の底にある。

「すぐこの先に沈んでいるのにな……。泳いで行けば、行けねえとこでもないのにな」

「線香の一本でも上げに行きたかのう」

小夜子は突拍子もないことを言うた。水底に線香の煙が条々と流れていく。その様があたしの眼に浮かんでくる。

「水がなかったら、どこまでも見渡せるじゃろうが」

と小夜子は不思議なことば言う。あたしは黙って青々と膨らんだ海を見た。

海は陸の続きでな。その水を抜くと陸と地続きになる。そこには陸地と同じように山があり、谷があり、川があるでな。水のない舟木岬は広い干潟と岩の低地に変わる。

その干潟の彼方に潜水艦と貨物船が転がっておる。

潟の岩ならブルドーザーで押しのければよかさ。

水の引いた跡は重機がならしていけばよか。

カジメの林はぬれぬれと地に折れ伏して、でっかい船は虚しく転がっておる。干潟の艦は干涸らびた大きなクワガタみたいじゃ。

古い船には魂が宿るのではあるまいか……。

小さい魚や貝でも持っとる命ちゅうもんを、潜水艦や貨物船みてえな大きな船が持たねえはずはない気がする。沈没船は眠っておるんじゃ。

水を抜き取った海の底を小夜子のワゴン車が走る。

険しい岩場は車を降りてガシガシと歩けばよか。

線香の束に火を点けて、水底に煙を流しながら行くか。

沈没船の噂がなかったら、舟木岬はただの景色の良い展望台に過ぎぬ。しかしここに船が沈んでいるという噂が、この海に人を惹き付ける。

「沈没船の齢はどのくらいじゃろうか」

ふとあたしが言うた。

「さあ、戦後だけでも七十余年は経っている。建造の年から言うたら倍暦海女と良か勝負じゃ」

年寄り仲間のように小夜子は言うた。


お彼岸の最後の日はおなごの仕事は休みじゃ。

海女の休日となる。倅の太蔵と孫の聖也は漁協と役場へ出る。土曜の休日に、聖也は水産課の水槽洗いじゃと。勤子がご飯を炊いて握り飯を作り、あたしがきんぴらゴボウを炒め、美歌が卵焼きと小アジの南蛮漬けを弁当箱に入れる。

外は上天気じゃ。

「海に入ったらアワビが沢山獲れるのに」

と美歌が言う。この子は去年の五月に嫁に来たから、島の暮らしのことは知らん。

「いや、いや。今日はアワビ獲りより大事なことばする」

「何をするんです?」

「草摘みに行く。ツクシ、ワラビ、いろいろ摘んで帰るんじゃ」

「海女が野原でツクシ採り?」

「そげ(そうだ)、そげ。昔から続いとることじゃけ」

「女だけ?」

「そげ、そげ」

「春の彼岸の最後の日は、女の野遊びって言うて、昔から外に出て行くのよ」

と勤子が話して聞かせる。

「お日さんを浴びるのね。海女は何百年も続く仕事やから、この辺りではまだこういう習慣が残っとるの。と言うても年寄りのおる家だけになってしまったけど」

「海女だけじゃない。アマテラスさんはお天道の身内じゃから、世のおなごだちはみんな、そのお天道の一族ということになる」

へえ、という顔を美歌はする。由緒ある倍暦を年寄りの重石なんぞと思う子には、仰天するような話じゃろう。

「そんなら、あたしも？」

「そういうこと」

あたしが答えると、向こうで飯を握っている勤子がクックッと笑うている。

「そうとも。あたしは子どもの頃、母ちゃんに聞いたもんじゃ。死んだ姉も娘の頃には舌を出しながら聞いておったけどな、あたしは素直にそうかもしれんと思うた」

天のお日さんは万物の命ば育てるもとじゃから、子どもを生み育てるおなごが、お日さんの妹であっても不思議じゃあるめえ。アマテラスさんが太陽の娘じゃっても、おかしゅうはなか。

美歌も手を洗うて、勤子といっしょに飯を握り始めた。ほっそりして長い指をしとる。何やイカのようにふにゃふにゃしとる。

「その亡くなったお姉さんは、本土の施設に入っていらっしゃったんですよね」

「うむ。三つ年上の姉でな。海の仕事を嫌うて役場勤めをしたが、亭主の死後に認知症になってな」

あたしはこの齢まで長生きしとるのは海のおかげじゃと思うとる。

下の二人の兄は五島の鯨漁師で、先年どっちも亡うなった。

「一番上の兄は昭和十八年のアッツ島で死に、二番目の兄は十九年のサイパン島の玉砕で、三番目の兄は十月のレイテ沖海戦で逝ったもんじゃ」

あたしは考えた。今日はお天道に当たって、摘み草をしよう。山に行ってタケノコでも掘って帰ろうか。

「おばあちゃん、でも凄い記憶力ですね」

美歌が吃驚した顔で言う。

「そげじゃ。遠か昔のことはよう覚えとる」

「ばあちゃんは昨日の晩ご飯のおかずは忘れるのにね」

と勤子が言うた。

そうじゃ、とあたしは思う。近くにあるものは、ぼやけて薄れる。反対に遠くにあるものはよう見える。脳みそと老眼は似ているもんじゃ。

ぼけは脳みその「遠視」でな、それがもっと進むと脳みその「乱視」になる。施設に入ったミズキ姉は脳みその「乱視」で、ないものが見えたり聞こえたりした。

車は太蔵と聖也が二台とも仕事に乗って行った。

それで勤子とあたしと美歌は家の表で、弁当の包みを提げて小夜子が迎えに来るのを待った。

しばらくの間、お天道の陽に暖まっていると、やがて海の見える坂道から見慣れたワゴン車が勢いよく登って来た。

二　ああ若いとき、この世は軽く海の水はずっしり重たかった。

この島には海の方からさまざまな訪い人が来る。その中には、孫の聖也が本土の水産大学校を卒業して一緒に連れてきた美歌のような者もおれば、これも島暮らしに惹かれて本土から引っ越してくる若い夫婦もある。

それで島には小さい町立保育所もできた。ここの暮らしに夫婦共稼ぎは自然の決まりで、遊んでおる嫁は一人もおらぬ。そのうち美歌も赤ん坊をこしらえたら、磯の仕事に行く前に子どもを保育所へ送って行くことになるじゃろう。

そしてまた島の年寄りの中にはアルツハイマーになって、元根本島の施設へ送られて行く者もある。年寄りは白い流木みたいな手をヒラヒラと無心に振って、どこかよほどいい所へでも行くように船に乗せられて消えて行く。

入ってくる者やら出てゆく者……。こんな所でも役場勤めの聖也が言う、町民の新陳代謝があるようじゃ。

しかし入ってこられては迷惑な奴らもおる。

こないだの時化（しけ）の日の朝、大瀬（おおせ）の漁港に船を繋ぎに行った漁師だちは、目玉が飛び出て肝ば抜かれたんじゃ。それは港の外の海をぐるりと、赤錆色のひと目でわかる中国の密漁船が並んでおったからじゃった。

その眺めはいつの間にか島の出入り口に戸が立て回され、島がぐるりと閉じ込められたようじゃった。この島が牢獄に押し込められたとでもいうか。港に閂（かんぬき）が掛かったとでもいうか。とにかくこんなことは島の暮らしが始まってこの方の椿事（ちんじ）というもんじゃ。

いや、椿事というよりも物々しい。そして禍々（まがまが）しい。あたしが思わず頭に浮かべたのは昭和十九年七月の、島の形もどこぞ似ているような悲運のサイパン島じゃ。

大きな島ならどこまでも隠れて逃げる途（みち）もあるかしれん。しかし小さい島は空と海からの猛攻撃で、一網打尽にやられてしもうた。その数は兵隊に島民あわせて四万人という。

ぎゅうぎゅう詰めの死の島じゃ。あたしの家の二番目の兄は、そこで死んだ陸軍兵の一人じゃった。

島は広い空の中のちぎれ雲みたいに美しい。

島の縁（へり）を囲まれて一つきりで浮かんでいる。一つきりで綺麗さっぱり完結しとるから、平和なときの島は極楽じゃ。だが負け戦のときは逃げ場がない。

他国の密漁船やら密入国の船が一団を組んでやってくると、あたしは身がすくむ。孫の聖也やその嫁の美歌だちはワイワイ言うとるが、あたしら年寄りは見ただけで命が縮む。役場の通報で海上保安庁の船が飛んできて乗り込むが、不法入国者だちの言い草は、

「自分らは何も悪いことはしておらぬ」

と言うだけじゃ。

「この時化で避難しただけじゃ。嵐がおさまったらすぐ出て行く。それとも今すぐ出て行けと言うか」

死ねと言うか、と居直る。

この海域は世界でも知られた赤珊瑚の環礁で、そこに泥棒道具ば揃えてやってきた者だちが、密漁はしておらぬと澄まして言うたもんじゃ。これが韓国やらロシアなんぞの国ならば、即刻、捕まえて処刑するという話も聞くが、あたしはそんなことはよう知らん。

ただ昔、アジア一帯に植民地支配ばおこなった日本国は、その負い目と反省とやらで腰が弱りきっている。

「そうですか。そんなら時化がやんだら、すみやかにわが国の領海を出て行ってください」

そう言うしかない。

「シーシー（はい、はい）」

と言いながら彼らは舌を出しとるじゃろう。

密漁船はひと目見りゃわかる。

みるからに汚いからな。

ほとんどは小さい密漁船じゃ。その姿というものは、夜店に出ているあの屋台ほどの大きさで形もよう似とる。それも安普請の汚れ果てた屋台じゃ。そこらの木っ端を削って金槌で打ち付けたような甲板に、船体はボロボロと赤錆が落ちるような色をしている。

ただ徒党を組んできても、そんな小さい密漁船はまだよい。

たまに大きい何十人乗りという密漁船が、百隻も百五十隻も船団ばこしらえてやってくると、昔々のサイパン島の開戦じゃな。こうなるとあたしも胸に期することがあるけれど、しかしそれで小島の戦争が起こるかというと、そうでもない。

島を取り巻いた汚い船団はどこかへ去って行く。時化の過ぎた海に真っ赤なお天道が沈んでいく。そして明くる朝は高い空には白い雲がぽかんと浮いている。

どこかの環礁で赤珊瑚がごっそり盗られても、雲やお天道や島の人間だちの知るところではない。まずは見かけだけ平和な海辺の暮らしが続いていく。

昔の島はただ海に浮かんでいるだけで守られていた。波の砦が防いでいた。

ただ、今ではそんな水の砦を乗り越えて外国船がくる。島には見えない道が無数にひらけたというわけじゃ。外国からつながった太くて長い道じゃ。海に戸は立てられぬから、どうにもならん。

けれどここへ訪うてくる者は、じつはそれだけではなかった。船にも乗らず、泳ぐでもなく、ときどきあたしを訪う者が海の中にいる。海中に揺れるワカメやカジメの林の中が夕暮れみたいに広がった辺りじゃ。海底が深みへ傾いてゆくその先は暗い闇がのぞいている、そんな所で人間の声が響いてくる。

「もし」

と静かに声がする。

はて、とあたしは声の方を振り向く。

陽の照る外の世界は、あたしの頭の三十メートルほども上にある。普通の人間がここまで下りてくるには圧縮空気を詰めたタンクを背負わねばならん。ありえぬ人の姿と遇うたとき、海の底ではなぜか懐かしい気持になるときがある。怖れも驚きもなく、しみじみとした心地じゃ。

「ちょっとお尋ねもうします」

と奇妙な髷(まげ)に冠り物をつけた男が言う。白い顔に黒く美しい髭がそなわっている。

「この世の極楽、チョウアンの都へ行くには、こっちの潮路を辿って行けばいいでしょうか」

と言うても声が響くわけではない。響きはあっても声はなく、思念のようなものがこっちへ伝わってくる。

「チョウアン……」

あたしは男の胸の内に映っているその都のことを知らぬ。はて、この世に極楽がどこにある？能面みたいな眉毛の薄い男の顔を見ているうち、ふと思い浮かんだものがある。

それは昔々に栄えた唐国の都のことではなかろうか。伝えによればその国はこの世のヘソ、世界の真ん中、浄土さながらであったという。その国の皇帝に、この国からも貢ぎ物をば船に山と積んで行って、有り難い極楽往生の経文や宝物を土産に持ち帰った。

その船がこの島の海域を通って行ったということじゃ。名にし負う東シナ海の荒波に、小さな帆と手漕ぎで乗り出して行く。そうして五島で最後の水を汲み、何日も風待ちをして良い日に漕ぎ出しても、行きがけからたちまち遭難してしまう船もあったんじゃと。

あたしの眼の前にいる男は、そんな沈没船の船幽霊の一つじゃろうか。そう見ればなるほど冠り物から察しても、身分の高い者のようじゃ。男は水底に生えた昆布のようにゆらゆらと儚げに立っている。

遣唐使船は紅いベンガラ塗りで極楽鳥のようじゃった……と、島の神社の絵馬に描かれてある。しかし美しい極楽の鳥は荒海に呑まれたり、見知らぬ島の浜に漂着したりで艱難辛苦（かんなんしんく）の末に唐国に辿り着いた。

あたしはうちの仏壇に掛けた弘法大師様のお姿を思い出した。この男も紅い船に乗って、もしやお大師様の一行じゃったのではあるまいか。何でもそのときの船団は四隻で、途中で嵐に遭うて二隻が沈没、残る二隻が命からがら唐国に着いた。弘法大師様はそっちの船じゃった……。

「チョウアンはどっちですか」

と男の唇がまた動く。

もし、船幽霊様。お前さんはもしや弘法様を知るまいか。

頭は剃っておらぬけど、もしかしてあの方に仕えた人じゃったのではあるまいか。

あたしはお経の文句のことを、常々、誰かに訊いてみたかった。

「お大師サン。この世は『空（くう）』というて何も無い虚しい所らしいが、それでも何かぼんやりしたものでも在（あ）るんじゃろうか？　そしてまた何も無いというと、どんなふうにないんじゃろうか？」

男はあたしの返事を待っているような、待っておらぬようなぼんやりした面持ちで立っている。

あたしは七十年もこの海の中で仕事ばしてきた。そしてつくづくこの水の世界ば奇妙に思うてきた。ここでは時が止まっておる。魚の影がヒュウーと消えたとき、ここにはほかに生きて動くものは無く、ただ青い水の膜だけが揺れておる。

ここは「空」の領分じゃろか。聞くところによると「色（しき）」というのは形あるこの世のことらしいが、すると水中はその「色」の領分じゃろか。あたしにはとてもそうは思えねえ……。その証拠が今、あたしの眼の前にゆらゆら立っている、この異国の冠り物をした男の姿じゃ。こいつは幻じゃろう？

潮の流れがあたしたちの間をゴウゴウと通っている。水の中には潮路がある。昔の船は帆船じやったから風と潮に乗って行く。こっちでよかろう。

「チョウアンなら、あっちの方角へ行かっしゃれ」

あたしは行く手を指し示して教える。

幻の男はうなずく。

「ありがとうございます」

それからすっと姿がかき消えた。

後には水の泡一粒も残さねえ。

そのときじゃった。

ミツルさ、ミツルさ！

誰かの手があたしの右手をグイッと摑んだ。左手も強い力で引く者があった。誰かの生きた人間の手で、グッグッと引き揚げられていくのがわかる。仲間の小夜子じゃ。

陽の照る青い水天井がこっちへ夢のように近づいてくる。

それからあたしは船に引き揚げられてた。気を失うたままでな。

こういうことはよくあった。

あたしに限ったことではない。奇妙なことじゃが船幽霊は海女によく憑く。夏の夜道で蛍がつうーと服に止まるように、船幽霊は寄ってくる。蛍が止まっても何でもないが、海女はひと潜り二、三分間の潜水じゃ。息が切れかかる危うい際に、潜って、アワビを獲って、また揚がってくる。

船幽霊にすがり付かれてぼうっとなるうち窒息する。

それであたしらは独りでは潜らない。

勝手な所にも行かぬ。

船幽霊は中国の密漁船より怖ろしい。

ある日、嫁の勤子(いそこ)が船幽霊よけの金の指輪を美歌に与えた。

「昔から金は魔よけになる」

実家の母親の指輪じゃったと言う。飾りも何もない年寄りのはめる太い指輪で、美歌が左手の薬指に差すとぶかぶかじゃった。人差し指に差すと落ち着いた。勤子の姉が生前にはめていたものだ。勤子の指輪もそれと同じ形の金で、あたしのはアコヤ貝じゃ。母ちゃや叔母っちゃだちで昔分けて作った。

「そのうちオカネ貯めて、自分の気に入った指輪こしらえるとよか」

呪(まじな)いの指輪をはめた美歌は浦の海女らしくなった。

浜辺にはいろんなものが波に打ち上げられてくる。中国、朝鮮のペットボトルや芥(あくた)もあれば、中に白い皿茶碗の破片も混じっている。青い文字で何ぞ描いてある。孫の聖也は町民が拾うてきたそんなものをまとめて、本土にある県の学芸文化課に持って行く。

周囲の東シナ海には遣唐使の沈没船の破材が出る。海の底が地震でひと揺れすると、埋もれていた物が砂の間から浮き上がってくる。何百年という昔の船材や器物の破片が、眠りから覚めた魂のようにゆらりゆらりと揚がってくる。海には昔と今が重なっておる。

ある日、鴫(しぎ)小夜子が岩場にかがんでアワビを起こしていると、後ろに人影がゆらりと近づいた。去年の季節も今頃、彼岸の時分じゃったか。春先で海の中も芽吹きの時期じゃ。黄色い粉が舞うて見透しが悪い。

何か?

と小夜子が気配のする方へ首を向けると、青い眼の外国人が立っていた。もんぺのような袴(はかま)のようなズボンを穿き、そばには白と黒の斑(ぶち)の毛をした犬をつれている。一人と一匹は水中の藻と一緒に揺れておる。

「少々お尋ねいたします。ジパングのサカイ津はどっちへ行けばいいでしょうか」

ジパング？　これも、声であって声でないような響きじゃった。そしてそこへどうしても行きたいという思いの塊が、小夜子の方にずんとのし掛かってきた。

「サカイ？」

「はい。わたしは商売する。サカイ津で商売をするのです」

男の眼はガラスのように光っていた。その不思議な眼で一人と一匹は小夜子を見ていた。

商い(あきな)をしに行くのなら大阪の堺港のことか、と小夜子は思うた。沈没した商船に乗っていた船幽霊だろう。浜の戒めでは船に取り憑いた霊の相手をしてはならぬと言うが、いくら水中のことというても相手はまともな人間の姿をしている。礼を尽くして尋ねているのに知らぬふりはできん。

水中では右を見ても左を見てもただ青い水ばかりじゃ。その彼方は濛々と濁っている。小夜子は東の方角に見当をつけて指差した。

「あっちの方へ行かっしゃれ」

行く手は藻が舞うて、この深い濁り水の先にどんな港も町もあるとは思えん。そして潮路の底の方には魚も小エビも棲まぬ真っ暗闇が立ち込めている。

この男はいったいどこの国の者で、いつの世に死んだものじゃろうか。百年、いやいや、もっと以前、二、三百年も昔じゃろう。そういえば長崎のカステラの菓子折にこんな袴の人物が描かれていた気がする。

「……」

男は何か礼を言ったようじゃった。犬と男の後ろ姿が濁り水の中へ消えていくのを見送るうち、小夜子はすっと気が遠くなった。いや、男と会うたときからもう意識が失（の）うなっていたじゃろう。海女の息止めの三分はとっくに過ぎてしまっていた。海女は独りで潜ることはないので、すぐ仲間が見つけて引き揚げた。危ないところじゃった。

ひと月に一遍、あたしだち退役の齢を過ぎた海女は、隣の元根島にある町立病院へ連れだって通って行く。

八十八歳の鷗井千夏は昔の海女の持病じゃった緑内障で、これは水中で眼圧が上がるせいじゃ。九十歳の鵤シホイは難聴でな、八十五歳のあたしと小夜子は緑内障の予備軍じゃった。大きな病院じゃから年に一度は心臓内科の検診も受ける。しかし海女の血管年齢とやらは、普通の年寄りより十幾つも若い。

それでも漁協組合から海女の定期健診を喧しゅう言うてくるのは、こんな島で急に倒れると本土の病院までヘリコプターを頼ることもあるからじゃ。海が時化ると船も出ん。そんなことをつべこべと言うてくる。

だけどもあたしらの体はどこも悪うない。眼と耳は体のうちじゃない。これは体の付属の道具じゃ。痛うも痒うもない。血圧も高うないし、神経痛もない。長年の潜水マッサージのおかげじゃな。それで元根島に行くときはワンピースを着てパーマネントもかけ直し、病院の帰りに食堂で何か食べて帰るのが気晴らしじゃ。

元根島はここらで一番大きな島で、孫の聖也はここの町役場の水産資源課におる。町立の小、中学校もこの島にある。あたしらの住む小さい魚見島から船で十分足らず。元根島との往来には五つの島を結ぶ連絡船があるが、それを待つより仲間四人で割り勘して水上タクシーを呼んでいる。

小夜子の車が婆だちを乗せて迎えにくるので、あたしが支度をしていると、二階からよそ行きのスカートを穿いた美歌が下りてきた。勤子が後からついてきてあたしに言うた。

「ばあちゃん。今日はこの子も一緒に病院へ連れて行ってください」

「美歌ちゃん、どこぞ具合が悪いんか」

見たところは変わりない。

「ええ。どこも悪うはないけれど……」

と勤子が言い淀む。

「あれが来んのですと……」

「何がじゃ?」

「毎月来るあれですよ」

勤子が口ごもる顔を見て、あたしはようやく思い当たった。わが身のあれならもう三十年以上も前じゃから、頭の隅にもありはせん。美歌は勤子の息子の嫁じゃから体のことは気に掛けていたじゃろう。

「そりゃ何と早かことじゃ!」

あたしは頭の中に桜の花がぱっとひらいたような気持がした。子ができる。しかし勤子は当然という顔をして、

「結婚してそろそろ一年近うなるから、別に早すぎることはない。普通でしょう」

と澄まして言う。美歌は手に持ったハンドバッグをぶらぶらさせながら、

「まだわかりませんって……。お義母さんたち気が早いんだから」

と打ち消しにかかる。

「やっと海女の仕事を覚えたばかりなのに」

美歌は恨めしそうな眼をしている。

「子どもを産むためだけに、あたし来たんじゃないですよ。海女になりたくて来たんです」

何と、若いおなごは思うたままを口に出す。

あたしと勤子は恐れ入った。

家の表に小夜子の軽ワゴンが着いた。四人乗りじゃから、勤子が裏へまわって自分のワゴン車を出してきた。勤子が海へ出て行く途中に美歌を港まで乗せて行くという。ついでにあたしも勤子の車の後ろへ乗った。軽の窓から小夜子らが今日はどうかしたのかと眺めている。

港では予約していた水上タクシーが待っていた。二台の車を駐車場に停めてぞろぞろと乗り込む。

「今日は婆四人でどこへ遠出か」

船長は幼馴染みの立神定雄(たてがみさだお)じゃ。

「乙姫さんのご機嫌伺いに竜宮ばやっておくれ」

「よかよか」

海のタクシーはバリバリバリと音を立てて港を出た。

診察券の順番通りに眼科の検査の次は耳鼻科に行く。

小夜子の視野は右眼の端に薄黒い靄が掛かっている。大きくはなってないというので胸をなで下ろした。あたしの眼も少しずつぼやけてきとる。昔の磯メガネは水圧の調整ができぬから、永う潜った海女はだんだんに眼をやられる。じゃが視力にこれ以上の欲はない。海の中はもっと濁って霞んでいるからな。どっちみちこの世はおぼろじゃ。

耳は聴力がだいぶ落ちとるというが、これもよっぽど困るほどではない。倅の太蔵も勤子も、聖也も美歌も何か言わねばならんときは、あたしのそばへきてしゃべる。離れて言うてもたいして変わらない。あたしの居り場は、海の中とわが家だけじゃもの。耳は失うてもいい。最後の心臓内科は、医者が血圧計の目盛りを見てハーッと感心した。

美歌とは産婦人科の前で別れたので、あたしは自分の検査が終わるとシホイと千夏の婆のことは小夜子に頼んで、廊下をとって返した。

産婦人科の前の廊下で長椅子に座っとると、腹の膨れた若いおなごだちが出たり入ったりする。島の病院じゃから妊産婦も日に焼けておる。間もなく美歌が中から出てきた。

「どうじゃった」

尋ねると美歌の頬がぷっと膨れて、

「十三週だって」

この子は不思議そうな顔をしている。あたしも黙って美歌の腹を眺め直した。どこから来たのか、ここにはもう小さい児が宿っているんじゃと。海は生み。美歌は毎日、海に潜っていたんじゃから、海から連れて来たような気がする。

何十年ぶりのめでたいことじゃろうか。ふわっと胸が温うなってきた。

「どのくらいになっとる？」

「妊娠四ヵ月……。このくらい」

美歌は右手の掌を差し出した。あたしはその掌を見た。その上に乗るくらいの大きさのようじゃった。

やっぱり早か。そのくらいになるまで気が付かんとは大したもんじゃ。つわりもなく、食欲もまったく変わらず、毎日海に潜っちょった。すこやかな娘じゃ。

「今からエコーに写すんだけど、おばあちゃんも中に入って一緒に見たい？」

「それはレントゲン写真みたいなもんかい」

「ううん。おなかの中の赤ん坊がそのまま見えるの。レントゲンは骨しか写らないけど、こっちは骨の上に肉がついてるの」

何じゃろうか、あんまり気色のいい話ではないが、そのできたての赤ん坊見たさに付いて行くことにした。

一人二人と長椅子のおなごが中から呼ばれては入って行き、出てきたおなごだちはいなくなる。あたしだちは最後に呼ばれて立ち上がった。

白い部屋には太った女医が待っていた。

美歌が腹を出して仰向け(あおの)に寝る。クルンと引き締まったヘソが天井を向いた。いかにも若い娘の腹じゃった。まだ膨れているとも何ともいえぬくらいの腹じゃけど、

「おばあちゃん、ここですよ」

と指し示された何や機械の画面は真っ暗じゃった。これが子宮の中じゃろうか。黒い水の底に白い光の筋みたいなものがシャッ、シャッ、シャッと流れとる。美歌も首を曲げてじっと見つめている。

暗かのう……。赤ん坊が腹に宿ると、よく「この世に生をうけた」と言うけれど、とてもこれはこの世とは思われぬ。暗うて深そうじゃ、まだ出口もない、あの世の闇とつながった所みたいじゃ。

あたしは胸の中でしみじみと思うた。

赤子というのは何と寂しい所におるもんじゃろ。

シャッ、シャッ、と流れる中にくにゃりとしたものが見える。赤ん坊の五体のようじゃが、どこが頭か腹かも定かでない。ぐねぐねと画面に近付いて伸びたり縮んだり、これが本当に人の子であろうか。まるで蛭(ひる)じゃ。

「あ、頭が見えましたね。これは頭の天辺です。その下にほら顔があります」

女医がよく透る声で教える。美歌の眼がらんらんと光って吸い寄せられている。

「ある、ある、ある。可愛いこと。ちっちゃい手も出てるのがわかります」

蛭のような顔が見えたと思うと、ずぅーんと暗い水底に沈んでいく。

「男の子か女の子か、来月辺りになると見分けられるようになります」

と女医が言うと、

「あの当分はわからなくていいです」

と美歌はあわてて答えた。

「わたし、もうこれで充分です」

さすがに感激ばしたようで、美歌は指で涙を拭っている。美歌は何や、アワビ獲りに十尋もその上も潜ったように、ぐったりしていた。

やがて画面が消えて白くなった。暗闇の水も蛭の顔をした児もパッといなくなった。美歌とあたしはぼんやりした頭で立ち上がり、廊下に出た。

黒い水底と蛭の児はエコーの画面から抜けて、あたしだちの頭に入り込んだ。

鳴小夜子はめでたく海女の百七十歳の倍暦を貰うたのに、相変わらず日銭を稼ぐため浜に出て行く。

あたしも漁協に海女の鑑札を返すのをためろうていた。永かった相棒を置いて陸に戻るのは気持が滅入る。

昨日も小夜子と浜に出た。しとしと雨が降っていたので、車から降りると海女小屋まで二人で傘を差した。並んで歩きながら小夜子が言うた。

「浜までは海女も蓑着る時雨かな、という句ば知っとるか」

「いや知らん」

小夜子は昔は網元の娘で本土の高校を出ている。あたしの知らぬことをよう教えてくれる。

「江戸時代の俳人の句でな、海に入ればどっちみち濡れるのに浜へ行くまでは蓑を着る。ふふ、よいことを言うとる」

今のあたしだちがそれじゃな。

「戦時中に特攻隊じゃった叔父が、上官に教えられたそうじゃ。どうせ濡れるからこのままで行く、ということではいかぬ。どうせ、と思えばやりっ放しになる。生きとる間はきちんと生きねばならんのじゃと」

小夜子はきちんと生きとる。子のおらぬおなごは今日も体の弱い亭主と自分の口を養うためアワビ獲りに行く。そうじゃ、そうじゃ、とあたしは思うた。

「叔父さんはその後どうされた」

「出発の番を待つ間に終戦になった。死に損のうたせいじゃろか、戦後は身を持ち崩してそのうち行方知れずになってしもうた。そのまま生死はわからぬままじゃ。むろん今頃はもう亡うなったろう。叔父はきちんと浜までは、蓑を着て行こうと思うていたじゃろう」

急に雨がやんで、覚悟の浜が消えてしもうたわけじゃな。

小夜子とあたしは海女小屋で着替えをした。

少し時間が遅いので、美歌たちのような磯付き海女は、もうとっくに海へ入っていた。磯付き海女というのは岩場伝いの五、六メートルほどの浅いシマで潜る。自分の桶を海面に浮かべて、潜っては揚がって獲ったアワビを桶に入れる。

沖合い遠く鉛のフンドウを持って潜る上海女（じょうあま）は、船頭付きの海女舟で沖へ行き、十尋から二十尋、およそ三十メートルほども潜ることができる。あたしらは齢をとったからその舟には乗ることもない。ああ、思い出せば、若いときこの世は軽かった。

反対に海はずっしりと重たかったもんじゃ。若いときの体はしなやかで軽うて、そのぶん海の中ではわが身を締め付ける水の力が厭わしかった。それが齢とってくると、だんだん水の中の方がラクになった。体は魚のごとくヒラヒラ動き、鳥が飛ぶよに一蹴りで進む。何ちゅう身の軽さじゃ。しかし水から揚がるとき、この世の重みがまたずっしりと覆い被さってくる。死ぬまで海に潜っておれたら如何にラクじゃろう。

美歌は膨れた腹ば抱えて毎日、海に潜る。この頃の海女は妊娠するとじきに陸へ揚がるというのに、反対じゃ。仲間の若い海女だちと楽しげに海へ出て行く。赤児の入った腹の重みが消えてなくなるからじゃろう。
あたしらと同じじゃ。

三　お尋ね申します。トラック島はどっちでしょうか。

この頃、あたしは明日という日を待って暮らしている。

明日がくるとその次の日を待っている。

この雁来(がんく)の家に赤ん坊がやってくる。それは今年の十月初めの頃か半ば頃かまだはっきりとわからぬが、いずれ赤ん坊の産声が響くそのときをお天道を眺めながら待っている。

思えば退役海女となってから一日の日が永うなった。退役で仕事を失うたから暇になり、それで暇を持て余しとるわけではない。アワビ獲る時間は前より短いが、ほとんど毎日、磯へ出ておる。小夜子が仕事を辞めぬから、あたしもそばに付いて潜っている。

あたしの暮らす日々が延びたのは、きっと倍暦のせいじゃろう。齢のことは普段は忘れているが、それでも頭の何処かで、こないだ百七十歳になったことが引っかかっている。通ったことのない道に出たもんじゃ。見たことのない所に来たもんじゃ。

むろんこりゃ仮の約束事じゃと自分に言うて聞かせるが、あたしの暮らしもよほど変わった。海に潜る時間は少のうなったが、代わりに海の神事に招ばれて行く。大潮、小潮の日は浜で波の安らい祈願ばする。海から流れ着いた物があるとこれまた浜へ行って御礼の祝詞ば上げる。

海から揚がった物は何でも御礼ば言わねばならん。破れた投網、流れ着いた板切れ、丸太。陸を頼って来たからには揚げてやらねばならん。この頃、中国、韓国辺りからのゴミが一杯来るが、それは打ち捨ててよい。

海の神サンの仕事は海女や漁師の仕事と違うてあてどがない。あたしらは一日に獲ったアワビの目方を数えるが、神サンの仕事は海水を両手に掬うて、また海に流すようなもんじゃ。こういう仕事ば年寄りの婆がやっておると、何や気持がぼんやりしてしまう。魂が抜けたような感じというかな。

ああ、日は永い。こうも退屈じゃと自分はほんとにもう百七十歳の齢を数えたんじゃないかとビクリとする。月日に区切りというものが失うなった。そこへ美歌の妊娠じゃ。この世の事件というものが出来した。美歌の腹は日増しに膨れてきておる。区切りの旗が揚がっとる。膨れた腹はやがて破裂ばするからな。

昔、自分の赤ん坊があたしのところにやってくる日は、今よりもっとわからんじゃった。その日というのは子のタネが胎に入って十月十日後というていたが、肝心の子のタネがいったいいつ胎に入ったのやら覚えがない。

　赤ん坊というものは、猶予ない切羽詰まった勢いでこの世に出てくる。待つものは美歌の腹の中に育っとるが、奇妙なことにあたしは毎朝、朝日の昇る空を拝んどる。子どもは天からの授かりもんじゃ。あの雲の浮かんだ広か空を経て、おなごの胎に天下って、やがて月満ちたらおなごの裾の関所から出てくる。

　有り難や。これまであたしは何かを待つということがなかった。明日も、明後日も、来年も、その次も、空ば見上げて待つような楽しみはない。これからあたしに訪れることというたら、あの世へ行く日の知らせじゃった。美歌は明日という日を連れて来た。

　美歌の腹は徳利の鶴首みたいになっておる。聖也がそれをからかうので、美歌は怒りまくって勤子に言いつける。

　台所から勤子が聖也に怒鳴る。

「どこの世界に嫁の腹を笑う男があろうか。美歌ちゃんに謝らんかい」

　この家で一番強い者は妊婦の美歌で、その次にフンドウ潜りの海女の勤子がいて、次が亭主の太蔵で、その下は婆（ばば）のあたしか、そしてどん尻に日々案ずることもない暢気（のんき）な聖也が並んでおる。

　朝、八時に小夜子が軽トラに乗ってやってきた。

　今日は浜で海藻を集めるので、荷台付きの亭主の車を借りてきた。あたしと美歌は納屋を開けて、魚のトロ箱や発泡スチロールの大箱や、肥料入れのビニール袋のカラなどを荷台に放り込む。空は薄曇りで浜や磯の海藻拾いにはちょうどいい天気じゃった。

「美歌ちゃんは腹は大丈夫かね」

と小夜子が言う。水を含んだ海藻はずっしりと重い。

しかし美歌は、「へっちゃらです」とにこにこしている。もう妊娠の安定期に入った。町役場のある元根島では妊産婦の教室ができて、妊婦の腹筋や脚力作りに薪割り体操というのも教えているらしい。美歌はまだ月数が足りんから見ているだけじゃが、教室では手斧を振りかざした妊婦だちが、「エイヤッ」と風呂焚きの薪を割って積み上げておるらしい。美歌は妊娠後どんどん強うなっていく。

助手席に乗ろうとすると、小夜子が止めて、

「ミツルさは後ろの荷台に乗らんか。今日は美歌ちゃんを助手席に乗せてやったらどうじゃ」

軽トラは二人乗りじゃ。

「大丈夫。あたしはうちの軽で後ろからついて行きます」

と美歌は太蔵の軽自動車のドアを開けている。今朝も太蔵は勤子と一緒にワゴンで浜へ出かけて行った。

小夜子は、待て、待てと止めにかかる。不経済なことの嫌いな婆である。

「海藻採りくらいで、わざわざ車二台も使うことはねえ。警察にミツルさが見つかったときは、

あたしゃ荷物の見張り番じゃと言うたらいい」

小島のことじゃからたいていのことは見逃すと小夜子はタカを括る。島で通るのは勝手気ままな年寄りの横車と認知症じゃった。

「そんならおばあちゃんがガタガタ揺れる荷台に乗るの？　危ない気がするけど」

と美歌が不安がる。話が揉めかけたとき、あたしは大事なことに気が付いた。

「しかし一台で行って荷物ば降ろしたら、帰りはどうする」

二人とも黙った。

「カラの荷台に見張り番はいらんぞ」

というよりも、そもそも近頃の島の警察が、軽トラの荷台に乗った婆に温情ばかけて見逃してくれるものじゃろうか。

「あたし、後ろからついて行きます」

美歌の一言で話し合いは終わり、あたしだちは海へ向かった。


五月は流れ藻の最盛期じゃ。

岩場は見渡す限り打ち寄せられたアラメやカジメで褐色に染まっておる。この季節の浜や岩場は焼け焦げた火事場跡を眺めるようにむごたらしい。まだナマのぬめぬめとした海藻が打ち倒れた瀕死の様は、水の中でしか生きられぬものの宿命の姿じゃろう。

無惨。無惨。あたしはつぶやきながら歩いた。

これらの海藻が水の中に生えとるときは、波に揺れる美しい叢や入り組んだ林を成して、ウニやアワビの餌場となるが、いったん岩に生えた根元から離れると、おびただしい死人の髪の毛のように漂い出す。厄介ものの海藻の一番はホンダワラで、波間や海中を漂うて漁船や連絡船のプロペラに悪女の呪いのように絡み付いた。

持ってきたバケツやトロ箱を提げて岩場へ降りて行く。あたしだちの採るのは岩場にこびりついた短い海藻や、浜辺を焼け跡のように変えてしまう流れ藻の海藻で、またたく間に箱を埋めていく。

海の中にあるときは何でも美しい。

水中ではとりどりの形をした珊瑚礁が極楽浄土の館のようじゃ。昔の人が海の底に竜宮城の話を作ったのも無理はない。宵の月のように薄闇に浮かんだクラゲもまた美しい。

真緑色のワカメ、浅い褐色のカジメの林。ワカメのメは、おなごの、女、のことじゃ。大昔から若い海女だちがこの海藻を採っていて、いつの間にか若女となった。

大きな漁網にかかって上げられた鰯の群れも、水の中では銀の羽根ば流すようにキラキラと眼が眩む。それが数をなして海中を雲の塊のように動きまわる。

しかし白銀色の鰯だちも、いったん水から引き揚げると濡れて生臭いただの魚となる。岩場にかがんで、海から揚がった無惨なものだちをトロ箱に詰める。摑むとどろどろどろと手に余り、箱に移すとずるずるずると気を失うた蛇のように滑り落ちていく。
人間の子の不思議なことよ。母の胎の中では水の中ですくすくと月満ちるまで育ち、水から揚がってこの世に出ると晴れて人間の姿になっていよいよ大きく成長ばする。水陸両用じゃな。横を見ると美歌が額に汗を垂らして、海藻の蛇を掻き集めている。

「アオサは綺麗かぞ。アオサ採りは真冬の一月じゃが、辺りいちめん真緑色に染まる」

アオサは磯に打ち上げられても美しい真緑色のまんまじゃ。

腰がくたびれると休んで水筒のお茶を飲んだ。美歌が羊羹の切ったのを爪楊枝に刺して出した。
ひと息ついていると岩場の向こうの波間からピュー、ピューと海女の吹く磯笛が流れてくる。
姿は見えないが何人も近くで潜っているようで、息を堪えて水から揚がってきたおなごだちの、喉を切り裂くような息の音が飛び交っていた。

「海女の磯笛って、楽しいようで悲しい感じがするわ」

羊羹をつまんで美歌が言うた。切羽詰まった息じゃからな、とあたしは思うた。

トロ箱に海藻を詰めると、小夜子と美歌の車は浜を後にした。空はしだいに晴れていき、朝方は雲が覆うていた岬の方の海も光が燦々と射してくる。岬を外れるとタブの林に沿うて奥へ行く。

「雁来農園」の古い看板が見えてきた。

次男の以蔵夫婦が畑を作っている所だ。

今はナスビの定植時期で、以蔵夫婦は一日畑に出ている。長崎は昔に南蛮貿易の港が開けた所で、ジャガタライモというて今のジャガ芋や人参が入ってきた。人参は土地によう馴染み、今日(こんにち)は黒田五寸の名前でブランド人参というものになった。

玉葱、アスパラ、わけてもトマトは味が深うて有名じゃ。

海を生業(なりわい)の場とする雁来の家に嫁に来て、あたしは二人の息子を産んだ。長男の太蔵は漁師を継ぎ、次男以蔵は陸(おか)の仕事についた。というのも以蔵は小児のとき中耳炎を患い、病院の遠い小島のことで治療が遅れて鼓膜ば傷めた。中学の頃には潜りに大事な耳抜きができぬ体になっていた。おとなになって海で仕事ばする者には致命傷じゃ。

水の圧力は凄いもので、四、五メートルも耳抜きなしで潜れば目ん玉が飛び出る。年季の入った上海女が、三十メートルの余も潜るのは自在に耳抜きができるからじゃ。

耳を患うた者は漁師にはなれん。それで以蔵は海とは反対の陸に向いて育った。島の豊かな土地柄を生かして野菜・果物の農園造りに励んだ。

しかし海に背中を向けたのは以蔵だけではなかった。あたしの父・潮道正一(しおみちしょういち)は、戦争のどん詰まり昭和十九年に四十も過ぎた齢で召集された。この頃には兵役が四十から四十五歳にのばされたんじゃ。航海士の免許ば持っていたんで商船に乗せられてしもうた。そして東シナ海を航行中、爆撃に遭うて中国は遼寧の葫芦島(ころとう)に危うく逃げ込んだ。

それから中国大陸を転々とするうち終戦となり、日本に帰る貨車に乗せられると、着いた所が北の果てのシベリアじゃった。抑留を終えて昭和二十三年に帰ってきた父を迎えたのは、家の仏壇に収まった長男と次男、三男の真新しい位牌でな。長男は北の海で、次男、三男は南の海に亡うなった。みんな海じゃった。

あたしが嫁にきたこの雁来の家でも、やはり二人の息子のうち長男が戦死した。

日本中の家が大勢の息子だちを失（うしの）うた。二百何十万なんという兵隊が死んでいったんじゃからな。

昭和二十年という年の夏は、それこそ耳が詰まったような静けさじゃった。セミの声も覚えておらぬ。

あたしの父は戦後鯨捕りの船に乗って働いたが、五十歳を過ぎると陸へ上がった。停年後はこの島に戻ると、土地を買うて農園ば開いた。「潮道農園」という看板を出した。そのとき鯨捕り仲間じゃった舅の雁来清蔵（せいぞう）が加わって、二人で精出して畑を広げていった。

それが今の以蔵が営む「雁来農園」の前身じゃ。耳の悪い以蔵があたしの父と舅の仕事を継いだわけじゃ。

農園に車を入れて停めると、畑のほうから日除け帽子をかぶった以蔵が出て来た。辺りにはちょうど出荷時期のミニトマトの葉がびっしり支柱を覆うていた。

「ホンダワラば一杯採ってきたぞ」

とあたしは大きな声で言うてやった。

以蔵の右耳はよう聞こえない。

「毎度お世話になります。ありがとう」

応じる以蔵の声も太かった。

車から海藻を下ろすと、以蔵と嫁の登美子が畑へ運んで行く。

それから五人で手分けして、黒とも茶ともつかぬ色のどろどろした蛇みたいなやつを畑の土に被せかける。赤いトマトの根方にどろどろの海藻が積み上がる。

塩気があっても問題ない。土に揉み込む手間もいらぬらしい。ホンダワラの肥料は海の養分をたっぷり含んで、自然に土に馴れていく。化学肥料では敵わぬ養分がある。

以蔵が海藻の肥料を使い始めて、もう七年は経ったろうか。柚の苦みが消えて、ナスビが倍の太さに生り、トマトの味が濃くなった。海藻の威力に腰ば抜かした。

「海藻ってただ髪の毛の栄養になるだけかと思ってた」

美歌は大学でどんな勉強ばしたのじゃろう。

「薬を撒かんでもアブラムシやハモグリガの害虫が、パッタリ寄りつかんようになる」

以蔵の話に、へえ、とあたしだちはうなずいた。海藻は殺虫剤になるというわけか。

「乾いた海藻をめくり上げると、その下にはダンゴムシやアリ、ミミズなどがもの凄う元気に走り回っとる」

と以蔵が笑う。海藻の栄養が野菜を丈夫にして、畑に悪さをする虫は寄せつけぬ。

この季節、以蔵の農園全体では十日に一トン以上の海藻がいる。漁師をしている二人の息子も、仕事の合間に海藻採りに行く。海が海藻で肥えると、陸の畑も肥える。陸の土が肥えると、その養分が海に流れ込む。持ちつ持たれつの海と陸のつながりじゃ。この辺りの島ではよほどのことでもないと木は伐らぬ。島民そろうて計画的に植林もやる。

「島が禿げ山ばかりじゃと、近くの海域の魚がぱったりおらんようになるからな」

以蔵は魚見島の植林グループの役をしている。

そばで聞いていた美歌が静かにうなずいて、

「それからみると、陸の上にある人間の世界はせせこましいですね。こっそり隣の家のものを盗ってくる……。隣の国のものも盗ってくる……。そうやってどんどん地球は痩せ細り、枯れていくんですよ」

やがて五人がかりで海藻を畑に被せ終わると、後は以蔵の家に上がってみんなでお茶をもろうた。

「美歌さんは、つわりはないままですか」

登美子が湯気の立つ芋饅頭を出しながら聞いた。ここの甘みの濃い唐芋(からいも)は名産のひとつじゃ。

「ええ、つわりは全然ないんです。快調なんですよ」

美歌はテレビの体操選手みたいな返事ばする。へえー、とみなは呆れながら感心もする。以蔵の家には女の子と男の子と二人の孫がいるが、もう小学生になっていた。

「そろそろ動いたりはしない？」

「まだ羊水に浮かんでます。眠ってるみたいです」

あたしだちは美歌のなでる腹をしげしげと眺めた。

本島の産科で診て貰うてからひと月になる。その間に急にむっくり育ってきたようじゃ。これからどんどん膨らんでいく。

あたしはいつかの本島の病院の、あのエコーちゅうものに写った、人とも見えぬ形を思い出した。闇夜にも似た胎の水の中に浮かんでいた赤ん坊の奇妙な姿じゃ。そこには月もない。星もない。

水は深そうじゃった。水は赤児の耳には入らんのじゃろうか。あたしは不思議な気持になる。赤児の耳に羊水が入ると、以蔵みたいに中耳炎になりはせぬか。耳が塞がってしまわぬか。

子宮の中に宿っているとき、いったい赤ん坊の耳の中はどうなっているんじゃろう。耳抜きはせんでもええのじゃろうか。いや、人間は陸にいるので、子宮の羊水には海中のような圧力は掛からぬということになるかもしれん。

うむ、そうかもしれんという気がしてきた。

しかしあの美歌の腹の水は暗かった……。

人間の胎の中の暗さはどうじゃ。仏さんの謂う無明（むみょう）の世界とはこのことじゃろうか。可哀想に、早うこっちへ生まれてこい。ここは陽の光が射して賑やかで人の声が流れている。

座敷は障子が開け放たれて海がひらけて見えた。

以蔵は昨日久しぶりに休んで、登美子と桟橋に鯵釣りに行ったという。窓の外に鯵の開きが干してあった。以蔵はときどき桟橋に釣りに行く。近くの岩場には底物（そこもの）というて、深い所を泳ぐ石鯛の釣りの穴場があるんじゃが、足を滑らせて海中に落ちたりすると以蔵のような者には命取りとなる。以蔵は桟橋釣りで満足らしい。

鯵は頃合いに干し上がって風に揺れていた。

あたしはそれば見ながら、もし以蔵は耳さえ悪うなかったらきっと海の仕事をしていたじゃろうと思うた。


海藻採りで一日休むと、また明くる朝からあたしだちは、アワビ獲りに海へ行った。小夜子と美歌とあたしと出かけた。

アワビは今からいよいよ最盛期に入る。ただな、アワビの身が締まって本当に美味いのは真冬じゃ。それであたしら昔の海女は、正月もアワビ獲りで海に入った。夏のアワビは水温が高うてだるい味になる。

浅瀬の続く岩場は、年寄り海女に交じって若い海女のウェットスーツというものが眼についた。夏が近うなり陽気が良いと、そのせいではないけれど腹の膨れた海女が目立ってきた。昔の海女はみんな素裸で美しかったが、今はナイロン製みたいな妙にツルツルした黒衣ば着込んでいる。

美歌の黒い人形（ひとがた）は腹のところだけ膨らんで、ヒラヒラと手足が動く様は水のトカゲか蜘蛛類か、淀んだ水中では何やら妙に気色が悪い。

年寄り海女はウェットスーツというものが嫌いじゃ。潜りの装備が今風の新式になり過ぎると、海中での警戒心が薄れる。ついうっかり深みへ行ってしまう者がいる。

その朝、最初のひと潜りのとき。

岩場から水に足を浸けたとき、あたしはふと思うた。

海の水は人間の業（ごう）に似ておる……。

この冷たさ。見渡す限りこの水の途方もない重たさ。

昼なお暗い海底の山や丘や谷。上から下から迫る水圧の壁。

先の戦争からそれよりずっと前の時代の戦争まで、海の水は人間世界の罪業をずっしりと湛（たた）えてきた。

潜り慣れた海でも、ここが怖ろしい所であることに変わりはない。美しゅうて、懐かしゅうて、しかし侮（あなど）れぬ水の世界じゃ。

齢とって一層この気持が強うなったのは、こないだの戦争のせいじゃ。まだ若い三人の兄だちの亡骸（なきがら）がこの海に沈んだ。

苦しんで死んでいった者だちは空へ飛び立つこともできず、ずぶずぶとこの業の海に沈んでいった気がしてならん。水に入るとあたしは悲しい気持になっていく。こんなことを考えるというのも、あたしの体は齢をとり過ぎてしもうたんじゃろうか。

月の第一と第三の水曜は、倍暦を貰うた海女の寄り合い日と決まっていた。というても四人だけの集まりじゃがな。

小夜子の車で美々浦の浜伝いに着くと、海女小屋の表で最年長の鵤シホイが戸口の鍵ば開けるところじゃった。六月に入っても空はよう晴れ渡って漁日和りで、現役の海女は浜には誰もおらぬ。

今日はみんなで海の地図を広げて見るので、大きな座卓を出して畳の間の真ん中に据える。小夜子が硯の墨をすり始めると、シホイが白い紙を中央に広げて細い筆を置く。あたしは持ってきたポットのお湯でお茶の支度をした。

そのとき外に車の停まる音がして、鷗井千夏の声が、

「ありがとう、すまなんだな」

と誰かに言うている。嫁が送ってきてくれたのだろう。部屋に入ってきた千夏は紙袋に古い帳面を何冊も入れていた。

「昔うちの爺さんが書きとめていたのを思い出した」

爺さんとは数年前に亡うなった千夏の亭主で、カツオ漁の船長ばしよった。

「わしも昨夜はいろいろ思い出すことがあった」

と座卓の前にぺしゃんと座ったシホイが、遠くを見るような眼で言う。

「あれやらこれやら、十年昔のことから、何やかや三十年も昔のことまで思い出してしもうて、寝床に入っても頭に浮かんでは消え、消えてはまた浮かびして寝付けんじゃった」

「そうそう。昔のがらくた箱ば引っ繰り返すようじゃて」

小夜子がうなずきながらクックッと笑った。こいつも眠れなかった一人じゃろう。

「ということで、みんな昨夜は忘れかけていたことも思い出したじゃろうから、そろそろ始めるとしよう」

記録係はこないだの寄り合いのとき決めた雁来ミツル。

このあたしじゃ。それで思い付いたことを帳面に書いていた。

広げた紙には付近の海域の地図が描かれている。いや地図ではのうて海図じゃ。あたしが孫の聖也に頼んで、町役場の海図をコピーばして貰うた。

海図には島々の形に線が描かれているだけで、中は白いままじゃ。海図の右端に本土の長崎港があり、反対の左端は東シナ海へと広がっていく。

そこに大小の島々が、拡大鏡を引き寄せて見ると百個余りも散らばっている。その島をたどって地図の左端にはみ出して行くと、やがて沖縄や尖閣列島、台湾にも辿り着くことになる。

反対に右寄りに海原を下っていくと、やっぱりこの海図では足りなくなって畳の上にはみ出してしまう。するとこないだの戦争のマリアナ諸島はサイパン、テニアン、グアム、そこから東に上がればミッドウェーと、大きゅう広がっておる。日本では第二次大戦とはめったに呼ばぬ。それを太平洋戦争とはまことに言うた。

「まず一日目は、この魚見島の付近から始めよう」

シホイがみなに言うて、あたしだちはうなずいた。

「そうじゃ。そうじゃ」

海図を越えて畳の上にはみ出た海は、あたしらの手には負えぬ。まずは対馬海峡から下った九州西岸の、この海域の海を洗い出していくことにする。千夏が紙袋からガサガサと古い帳面を引っ張り出している。

役場でコピーを取ってきたとき、聖也が不審そうにあたしに聞いたもんじゃ。

「ばあちゃんだちが頭を寄せ合うて、いったいどんな地図ば作るというんね？」

役場の観光課を手伝って、聖也もパンフレット用にいろいろな地図を作る。島の名産地図とか、釣りのポイント地図、遣唐使船の史跡を巡る地図もある。

「後の者に残しとく海の地図じゃ」

「後の者って？」

「ここの海で漁ばする者さ」

「ふうん」

「美歌ちゃんのような子だちじゃ」

「ふうん」

変わり者の美歌。聖也はそんな顔をしてクスリと笑うた。美歌はいつまでこの海で働いてくれるじゃろうか。

海が汚れて潮が焼け、いつまでアワビが獲れるか。この辺りだけではない。遠く韓国の済州島の海女だちの話でもアワビが減っていくという。昔の勇壮な鯨漁が今は絶えてしもうたように、海女の仕事も消えていくのじゃなかろうか。聖也の顔にも島の明日の翳(かげ)りが浮かんでいる。

ちょっと前まで海女の夏場のひと働きで、アワビ漁は何百万円も稼ぎ上げたものじゃ。どこの浦々、浜も海女の磯笛がピュッピュッと響いていた。美々浦はまだアワビの棲む岩礁の藻林があり活気が残っているが、近隣の島々ではもう女海士(おんなあま)は年寄りのおなごが残っているくらいじゃ。男海士(おとこあま)は遠洋船団に乗って行ってしもうた。

「平井の先の藻場はあと何年か経つと持ち直すじゃろうよ。あの辺りの島々は植林が育ってきたからな」

と千夏が口を開いた。

「それそれ。島の土の養分が海にどんどん流れ込んでいる。小エビも増えてきたと言うぞ」

あたしは言い足すと、小筆を取って魚見島の東の一角に墨で印を入れた。印の下に、小エビ多し、と記す。

「松根崎(まつねざき)の先の珊瑚礁は計良(けら)島の衆が、増えたオニヒトデを退治したというでねえか。何年前かのぅ。すると珊瑚が繁りすぎて、逆に今じゃ貝が死に瀕しとると言う。人間がよけいなことをし過ぎてもつまらんぞ」

「珊瑚が増えて陽当たりが悪うなったんか。そしたらまた珊瑚を切って陽を入れるのか」

「いやいや、人間の手はいかん。放っといて、死んだオニヒトデが少しずつ生まれ直してくるのを待つかのう」

「なむあみだぶつ」

と、あたしは唱えながら筆をとり、松根崎の先の海に×印を入れる。貝不漁、と記した。

そのうち話の方向が変わり始めた。

海女が三人集まると必ず出る話題じゃな。口火を切ったのは小夜子じゃった。

「潮見の岩の辺りは藻で濁った日は気をつけねばならん」

「ああ、あそこはな」

千夏も思い当たるようで真顔になって、

「大井のシマも船幽霊が出るが、ずいぶん昔の霊じゃな。鎧ば着た侍なんぞが出るが、潮見のシマは若い霊が出る。三年ぐらい前じゃったかな。海軍の軍服着とる男じゃった。わしらの孫くらいの齢頃でな」

千夏はむごたらしいものを見るような顔つきになる。

「もうし、姉さん。お尋ねしますがトラック島はこっちの方角でしょうか……」

やれやれ、また船幽霊の話が始まった。小夜子が興に乗って男の声音を真似しながら敬礼ばする。

「ありゃ、そりゃあいかん、いかん。まずか！」

と千夏がおそろしげに声を上げげた。

小夜子はますます身を入れて、

「それは色の白か青年でな。トラック島は日本海軍の基地じゃった。うちの親戚の倅もそこで戦死したが、戦後お詣りに行ったら、軍艦が十隻に商船も三十隻以上は沈んどるという。それに零戦の飛行機の残骸も、百機以上はあるようじゃと言うていた」

そんな所なら船幽霊の通行もさぞかし多かろう。

「もしかしてその軍服の幽霊は、あんたの家の親戚の若い者じゃねえのか」

とあたしが身を乗り出すと、

「おお、そんな気がしてな、しげしげとその顔を見たが見覚えはなかった」

「なに。相手の顔ばしげしげと見たとか？　水の中で？　危ねえ、危ねえ」

みんな口々に言うた。船幽霊の顔を見ちゃならねえ。

「そのときに、姉さんっ、と声がして、わしは背中をドンと叩かれた。一緒に潜っていた仲間が気付いてな、しっかりせよ、と引き戻された。わしは眼の前が白うなって、ふらっとよろけて気を失うた」

「霊出せ、霊出せ」

思わずみんな一斉に唱えた。船幽霊を追い払う海女の呪文じゃからな。

今度はシホイが代わって、語り手となった。

「わしもな、大井のシマでまさしくその軍服の若者に会うたぞ。やっぱり雨模様の日じゃった。もう五、六年も前じゃがな。アワビを獲っていると人間の息がふっと首にかかった。おかしいと思うた。水の中でそんなことがあるはずがねえ」

シホイの声に熱が入ると、小夜子も千夏もあたしもシホイの方に向き直った。

「お尋ね申します。トラック島はどっちでしょうか」

「霊出せ、霊出せ」

とあたしだちは声を揃えて唱えた。

「振り返ると相手の顔ば見ることになる。そう思うと凍りつくほど怖ろしい。ぐずぐずしとるとこちらの息が切れる。しかしもう幽霊に捕まっている証拠に息は苦しくも何ともない。返事をすることもできるくらいじゃ」

霊出せ、霊出せ。あたしだちは唱え続ける。

「そのとき腰の珊瑚の御守りをグッと握り締めた」

「おう。偉かぞ」

「そうして念じた。わしゃ上へ揚がるど！」

シホイは腰に手を置いて、御守りを握り締めるしぐさをした。そうじゃ。海女はみんな必ず御守りを持っているのに、肝心の土壇場ではなぜか思い出せぬ。さすがにシホイは強かった。

「上を向くとな、青い水天井に畳二枚もあるような、大きな金色のお天道がぐらぐらと燃えていた。おれは息綱ばグイと引くと、おれを捉えておる水の中から一気に飛び出した」

凄かのう。

やっぱりシホイさじゃ。

とあたしだちは溜息をついた。

シホイが話し終えるとあたしはまた筆をとって、大井のシマの一点に×印を書き入れた。

船幽霊、と記す。

広い広い海じゃからな。

船幽霊も艦船の墓場もあるじゃろう。

聖也が持っている大きな海図は日本近海だけでのうて、世界の海の底が色分けして塗られておる。一番深い海はマリアナ海溝というもので、エベレストを沈めてもまだ余りがある。

そこにサイパン、グアム、テニアンなどの島々が浮かんでおる。あたしは聖也の地図を見ながらゾクゾクと寒気がした。マリアナ海溝は細長く、一番濃い紺色に塗られている。もう黒に近い水の色じゃ。何も見えぬ闇夜の海底じゃな。あたしはその深いエベレスト山の丈よりも、なお深い海底にどこまでも落ちていく人間の姿を想像してしもうた。

兄さん。どこまで落ちて行きなさるか。

そこもまだ、この世の一部じゃろうか。それともそこはもうこの世と断ち切れた所なんじゃろうか。

あたしはその紺色の溝をじっと見た。

兄さんは落ちていく。際限なくどんどん落ちていく。

そこもこの世の一部なんじゃろうか。どうじゃろうか。いったいなぜまたうちの兄さんがそんな南の涯の地の底、真っ暗闇の海の底に落ちて行かねばならぬのか。

海の水が鉛のように重う感じるようになったのは、あたしが齢をとってからじゃ。若いときは思いもせなんだことを考える。落ちて行く若い兄さん。一万メートルものこの世の深みに落ちて行く、落ち続けて行きなさるあたしの若い兄さん。倍暦の百七十の齢を超えてより、その姿は一層濃ゆくなる。

マリアナ海溝に較べたら、東シナ海に沿うたこの島辺りは海とも言えぬ。九州のこの海域は群青色でも青でもない。白っぽい乳色に塗られている。中国大陸沿岸から、五島、尖閣列島にいたるまで広い大陸棚に乗って、せいぜい百五十メートルほどか。海とも言えぬ。

砂浜の波打ち際とでも言おうか。

あたしは自分の書き込んだ海の地図を眺める。東シナ海の乳色の海にもアワビが棲息し、オニヒトデが出て、そして海の幽霊もさまよっている。まだ見ぬものがいっぱいおる。

兄さん。そこはどのくらい暗いものかね？

わが眼の中の闇を見ながら、あたしは問うてみた。

四　ばあちゃん、おれが美歌に結婚せんか
と言うたのは天皇海山の波の上じゃった。


今日はこの家に美歌の客が訪ねて来るという。

美歌は何やらはしゃいでおる。

お客は若い女ん子(おなご)だちらしい。それであたしは接待役ば引き受けた。お客に芋饅頭を出してやることにして、朝飯がすむとすぐ台所に立った。

唐芋をふかしてしゃもじで潰し、メリケン粉に重曹を溶いて混ぜると丁寧に丸めた。客は娘の子だちが四人というので、美歌を入れて一人三つあてで十五個いる。それに聖也の分は多めに入れて二十個ほど作ることにした。

六月の浜は小雨に濡れて風もなく海鳴りも止まっている。太蔵と勤子(いそこ)夫婦はいつものように船を出して漁へ行った。

丸めた饅頭を湯気の立つ蒸し器に並べる。芋饅頭の生地はほんのり黄色うて優しゅうて、いかにも女ん子の好きな食べ物じゃ。役場が土曜休みの聖也は、デジカメとやらで美歌やあたしを試し撮りする。

昼を少し過ぎた頃に船が着いて、島のタクシーが美歌の客を乗せてきた。娘だちは玄関に出迎えた美歌の出っ張った腹に、キャーキャーと喜び笑うて玄関で叫ぶ。

「やりましたね、先輩」

「二人とも夫婦みたい」

「あたりまえじゃ、夫婦だろうもん」

聖也が笑いながら、

「よう来たな、上がれ、上がれ」

と家に招き入れる。そんなことで家の玄関から沸きかえっていた。

客は去年に聖也と美歌が卒業した学校の三年生じゃ。聖也と美歌の出身校は独立行政法人の、国に一校だけある水産に関わる大学校で山口県の下関にある。美歌より三学年下になるから、齢は美歌が今年二十三、四ならば、この子だちは二十か二十一じゃろうか。

若い子がくると美歌が言うたので、年端のいかぬ子かと思うたら大して違わん。ただ齢の差はわずかでも、人妻となって妊娠した美歌は学生暮らしの娘だちと、明らかに違うている。おとなおなごの落ち着きがある。どこと言えぬが美歌は眼が据わってる。じいっとものを見ている。

聖也は夫となっても変わるところはない。何も変わらぬ。そのぶんだけ女は若うても賢く、男の子は他愛ない。聖也は滅多にない女客に上機嫌でみんなを座敷へ連れて行った。

あたしは台所でお茶を淹れ、あつあつの芋饅頭を大皿に盛って出した。長崎から来たというので、昼ご飯はフェリーの中で何かつまんだくらいじゃろう。

さて、この子だちは何をしに来たんじゃろうか。

美歌の妊娠見舞いかとあたしは思うていたが、お茶を飲み饅頭をつまんでひとしきり四方山の話が終わりになると、美歌がドッコイショと立ち上がり、二階へ行って大きな紙袋を一つ提げてきた。バサバサと粗い紙の音を立て美歌が取り出したのは、絵の具で赤く塗った段ボールの切り抜きじゃった。

美歌が広げて胸に当てて見せると、チャンバラの玩具(おもちゃ)の鎧じゃな。芝居の小道具らしい。胴に草摺(くさずり)が付いている。

次に紙袋から取り出したのは、白い筒袖の着物ともんぺというか、だぶだぶのズボンみたいなものの上下じゃったが、美歌はそれには手を通さず横へ放った。

「この着物はあたしには窮屈で、もう無理ね」

そして着ている妊婦服の上から鎧を着けたので、見たことのないようなおかしな格好ができあがった。その背中に弓矢の入った長い筒を斜めに掛ける。

座って見ていた娘だちが必死に笑いをこらえている。

「先輩、似てるわ、似てる。それに白い着物を着て髪をミズラに結ったら、もうジングウ皇后の絵にそっくりです」

「でも、あたし、このおなかだもん。鎧だってぴちぴちよ」

美歌が鎧の下に手を入れると、もう隙間がない。

「だけど先輩、ジングウ皇后は妊娠していたんでしょ。だったらそんなおなかだったはずです。ピッタリその格好ですよ。あの年の学園祭にそのおなかで出てたら、もう絶対に敢闘賞です」

「でもあのときは、あたしまだカラッポだったわ」

「今年どうですか！　あたしのジングウ役、譲りますよ」

と体格の良い娘がにっこりと言う。

「ああ、でも十月のその頃なら、もう生み終わっておなかはペチャンコになってるわ」

予定日は十月初めじゃったかな。

「大丈夫。そのときはお産を遅らせる呪（まじな）いの鎮懐石を探してきます」

これにはあたしも笑うてしもうた。鎮懐石はジングウ皇后が朝鮮に出征するとき、出産を遅らせるため腰に付けて行った、有名なお呪いの石じゃ。何やらこの子だちは昔の事跡をよく知っておる。

仕上げに美歌は日輪をかたどった紙の冠を頭にかぶった。

「よしよし、これも一枚撮っとくか」

聖也がデジカメで美歌のおかしな姿を撮った。

これから何が始まるのじゃろうか。

衣装の様子からして、秋の学園祭の演し物にジングウ皇后が出るようじゃ。三年前にその役を美歌がやったので、今年の学生が皇后の衣装を借りにきたようじゃ。

しかし今頃ジングウ皇后を持ち出すとは、どうしたことじゃろう？　この皇后はおなごの戦神じゃ。きな臭い戦争の臭いがする。

「学校の祭りで何の芝居をするとか」

不審に思うて聖也に聞くと、

「ばあちゃん、芝居とは違うよ。『キンメ踊り』をやるんや」

この孫の返事はいつも要領を得ぬ。

美歌に問い直すと、何でも東京の農業大学の祭りでは、「大根踊り」とかをやっておるという。こっちは水産校じゃから大根を魚にして、キンメダイの踊りを作ろうということに決まったらしか。それで三年の秋に聖也や美歌たち二つのクラスが合同で踊ったという。

キンメダイはアンコウ、ヒラメに劣らぬ高級魚で、底魚というて海の深いところを住み処にしとる。

「つまり、ばあちゃん。海の底のキンメ・ダンスのパーティというわけやな」

「……」

あたしは話がようわからん。

「そのキンメダイの踊りに、何でまた人間のジングウ皇后が出ることになるんや」

するとと聖也が頭をがりがり掻いた。

「ばあちゃんに『キンメ踊り』の背景を、どう言うて聞かせればいいもんか。どう言うたらその白髪頭に入るじゃろう。つまり太平洋のハワイ諸島の海の底には、地下から熱いマグマが噴き出すホットスポットがあるんじゃよ」

あたしは黙って聞くことにする。南洋の青い海が眼に浮かんだ。その水の下に赤いドロドロが噴いておる。どうも聖也が身悶えするほど難しい話とは思えぬようじゃが……。

「海底の一カ所にマグマが噴き上がると、長い間にそこが盛り上がって海底火山になる。わかるか、ばあちゃん？」

おう、わかるわい。暗い海の底にぐわらぐわらと火の山が誕生する様子が浮かんできた。マグマの火が、神の立ち上がるように身の丈を増していく。

「しかしな、ばあちゃん。生まれた火山はその場にじっとしとることはできん。地球の表面は薄い皮みたいなプレートの層があって、それが少しずつ西にずれて動いとるんよ。つまり最初の火山がズレた後、ホットスポットのマグマはそのまま出続けて、次の火山が膨らんでいく。貨物列車に次々とマグマの荷物が積み込まれていくんじゃな。二番目がぐらぐら盛り上がって、それがまた動くプレートの上でズレて冷えていき、二つめの冷たい海山ができあがる。その頃には地獄の釜で三番目の海底火山が火を噴き始める」

「海の底も忙しいもんじゃな」

あたしは感心した。

「その山の高さはどのくらいじゃ？」

「山の頭が海面に出とるのが島で、水の下で見えないのが海山と呼ばれとる。その辺りは物凄う深くて、富士山より高い海山がニョキニョキ生えとるんじゃ」

人の眼に見えぬ世界があるもんじゃな。

「その海の底の山はプレートに乗ってぞろぞろと連なってな、ハワイ島からミッドウェー諸島を通って、そこで折れ曲がると、北太平洋のアリューシャン列島の方に進んで行くんじゃ。ハワイ発、ミッドウェー経由、アリューシャン行きや」

何？ ハワイいうたら先の戦争で、初端(しょっぱな)を切ったのが真珠湾じゃ。それからヤレ行け、ソレ行けの突進でミッドウェー海戦まできて、何と大負けしたわい。後は連戦連敗の一途をたどり、とうとうアリューシャン列島のアッツ島が玉砕の場となってしもうた。あたしら年寄りには、あの大戦ば思い出させる恨みの海じゃて。

「ところが、ばあちゃん。この海山の連なりは、高級魚のクサカリツボダイやキンメダイが獲れる絶好の漁場じゃった。ロシア、アメリカ、中国、日本の底引き船団が集まってきた」

キンメは白身の高級魚じゃからな。深海の魚はいずれも身がとろりとして甘いが、キンメはまた格別じゃ。そうか、今日きた娘だちはそのキンメの舞いをやるわけか。娘だちは芋饅頭を食べてしまうと、いつの間にかいなくなっていた。美歌が自分だちの部屋に連れて行ったようじゃ。

聖也とあたしはまだ海の底の話を続けておる。

「その海山列が見つかったのは戦後八年目で、九つの山が並んでおったんじゃ。その名前が、エンペラー・シー・マウンテンという。アメリカ人が命名したから英語じゃ」

「エンペラーじゃと？」

「皇帝という意味じゃから、日本では天皇になるんじゃ。戦後十年目にアメリカのディーツという学者が戦時中の日本海軍の機密書類を調べて、海洋地形の学会に公式に発表したときの名前や。日本語に訳すと、天皇海山という意味になる」

シーは海で、マウンテンは山じゃから、海底の山のことじゃと聖也は教える。

「何でアメリカの学者が、天皇海山なんちう名前ば付けたのかのう」

「この海域は有名な暴風地帯で、『低気圧の墓場』なんて呼ばれとるんよ。それでも太平洋戦争中は軍事上の要所になるんで、日本もアメリカも密かに海底の地形調査を競っていたんや。それで、戦後に来日したディーツが中途で止まっていた水路部の調査を解析して、とうとうこの海域に並んだ九つの海山を確認したわけ」

「それで日本の天皇の名を付けたんか？」

「名前の由来はディーツはとくに書き残してないから、謎のままや。ただ彼は相当の親日派で、英訳の『日本書紀』なんかも熱心に読んでいたらしいよ」

「そりゃまた変わったアメリカ人じゃの」

「当時はまだ若くてね。おふくろが写真見て、『ローマの休日』のグレゴリー・ペックに似とるようじゃと、うっとりしとった」

　ふうーん、とあたしは言うた。あたしはよう知らん。

「それで九つの海山にも大昔の天皇の名前を付けたんや」

「ひぇ、どんな名じゃ」

「北へ上がって行く順に、下からカンム・シー・マウンテン」

　桓武天皇じゃな。

「ユウリャク・シー・マウンテン」

　雄略天皇か。

「キンメイ（欽明）・シー・マウンテン。次はオウジン・シー・マウンテン」

　応神天皇いうたら、神功皇后サンの倅じゃ。

「そして、ジングウ・シー・マウンテン。ジングウは皇后やけど、昔は女帝に入っていたらしいよ」

　そりゃ何というても神功皇后サンは外せぬわい。ディーツもなかなか心得ておるな。

「それからニントク（仁徳）・シー・マウンテン。女性天皇のスイコ（推古）・シー・マウンテン。あとジンム（神武）とテンジ（天智）が続いて、それで全部で九つの山になる」

深い海の底の死んだ火山があたしの頭の中に浮かんできた。その暗い影法師が水に揺れながら、やがて人に似た姿かたちへと変わっていく。有り難いような不気味なような影法師じゃ。

「おまえは見てきたように言うのう」

あたしが聖也の顔を見ると、

「そりゃそうさ。見てきた、と言いたいが、おれたち、その海山の波の上まで行ってきたんじゃ。水産大学校の夏の航海演習でさ、そん時、美歌に結婚ばせんかと言うたんじゃ」

「ありゃァ！」

あたしは眼をまるくした。

「ディーツが調べた海山の推定年齢から、プレートの移動距離を割り出すと、時速どのくらいになるじゃろう？　とにかく物凄くのろいのろい貨車が、山を積んでとろとろと海の底を行くんや。こんなすごい旅があることをばあちゃん、知らんかったやろ？」

知らぬ、知らぬ。年寄りが常に思うことは、この世のあまりの短さじゃ。ついこないだオギャー、オギャーとぼろ家に生まれて、ろくに美味いものを食べた覚えもなく、楽しく友達と遊んだ覚えもなく、親によう叱られて、使いに行かされて、空襲に焼かれた火の街を逃げ惑うて、やがて世が治まると何もよう知らぬ間に嫁に行かされ、子どもを産んで、それからこの通りの年寄りになってしもうた。

それでもやっぱり、この世は短い。短すぎる。儚（はかな）いもんじゃとあたしは思う。

美歌と娘だちががやがやと二階から降りてきた。

「さあ、踊りの練習を始めるわ」

美歌が段ボールの鎧をジングウ皇后役の娘に渡した。女ん子（おなご）二人は持参の紙袋から揃いの赤い衣装を取り出す。薄い化繊のヒラヒラした長着で真っ赤じゃった。キンメダイの踊り子の衣装らしい。

やがてみなの支度ができた。鎧姿のジングウと、もう一人、若草色の長着に王冠を付けた娘がいる。この子がスイコ女帝じゃろう。キンメダイは頭に赤い魚の面をかぶった。面には二つの大きなまん丸いキンメの目ん玉が描いてある。金色の泣き腫らしたような目ん玉じゃ。

スイコ役の娘は卒業したら、極東水産とかの研究室に入りたいという。隣のキンメダイの子は太陽水産が希望じゃと。海女になるというのは美歌くらいじゃった。

四人の踊り子が鮮やかな出で立ちで並ぶと、腹ぼての美歌がマタニティドレスのまんま立ち上がって、「キンメ踊り」の手本をしてみせる。

テープ係の聖也がスイッチを入れると、「キンメ踊り」の歌が賑やかに流れ出した。学生だちが作った曲じゃろうか。若い娘だちの合唱が起こった。

キンメ　なぜ泣く　故郷が恋し
どんな故郷か　尋ねたら
アワビ　珊瑚もありはせぬ
あたりいちめん　まっくらけ
アアまっくら　まっくら　まっくらけ

美歌がみんなと向かい合う形で手本をみせる。それに合わせてジングウとスイコとキンメだちが、手を上げ、手を下げ、振り返り、後ずさり、顔を袂で覆うたり、しずしずと踊り始める。その間に野太い男だちの合いの手が入る。

アア　カンム　ユウリャク　キンメイ　オウジン
アア　ジングウ　ニントク　スイコ　ジンム　テンジ
まっくらけ　まっくらけのけ

学園祭の本番では七人の男子学生が、スイコとジングウの残りの天皇海山役で踊りに加わる。それで九つの海山が揃うことになる。水産大学校は男子学生の多い所じゃから、踊り手はこれからクジ引きで選ぶという。

聖也の在学中、あたしは学園祭というものを観に行ったことがない。開催は毎年十月初旬で、海女の漁期が冬を迎える前の一稼ぎも二稼ぎもする時期と重なり、太蔵も勤子ももちろん息子の舞台見物どころではなかった。

「聖也先輩も天皇の踊りをやってみせてください」

聖也が頼まれて立ち上がる。美歌がテープ係になった。娘だちは座って見物をした。

「よし、そんならニントク海山から行くぞ」

聖也が言うと美歌がテープのスイッチを入れた。「キンメ踊り」のジングウ海山の次は、ニントク海山じゃった。半袖Tシャツに短パン姿の聖也が、そろりそろりと摺り足で歩み出していく。あたしだちはそれだけでもう笑い出したいのをこらえた。聖也が片手を額にかざして、彼方を眺めるしぐさをする。

歌が流れた。

高き屋に　登りて見れば　煙立つ
民のかまどは　如何かと
山のてっぺんより　見まわせば
あたりいちめん　ただ水ばかり
アア　まっくら　まっくら　まっくらけ

世に知られたニントク天皇の歌をうまく踊りの振りに入れている。聖也は水中の暗闇をさまようように踊った。そこへ娘だちの合いの手が入って、

アア　カンム　ユウリャク　キンメイ　オウジン
アア　ジングウ　ニントク　スイコ　ジンム　テンジ
まっくらけ　まっくらけのけ

「次はテンジ海山やど」
と聖也の気分はなかなか乗っておる。次の歌が始まった。これもどっかで聞いたことのあるような歌じゃ。

秋の田の　かりほの庵(いお)の　苫(とま)あらみ
わが衣手は　露に濡れつつ
いいえ　わたしはずぶ濡れで
あたりいちめん　水の中
アア　まっくら　まっくら　まっくらけ

手を振り腰を振り、首を返して聖也は踊る。

みんな、やんやの応援じゃった。


第三水曜の寄り合いは天気の良い日じゃった。あたしは朝のうち掃除や洗濯をして、昼から美々浦の浜に行くことにした。

妊娠七カ月に入った美歌は元根島町立病院の産科検診で、服じゃ、化粧じゃと出かける支度が忙しい。連絡船の時刻が早いので、八時前には家の表に迎えのワゴン車が着いた。中から出てきたのは、よそ行きの服を着た近所の若い嫁が二人じゃ。よそ行きの服というても、二人とも美歌よりもっと大きな腹をして、ヒラヒラの飾りの付いた夏物の妊婦服が張り裂けそうな勢いじゃ。

この三人が船着き場をのし歩いたら、犬猫は恐れをなして逃げるじゃろう。嫁だちの後から、二人のおさなごが降りてきた。どっちも男ん子で三、四歳くらいに見える。母親は二度目のお産になるのじゃろう。島では嫁も姑も働いておるので、なかなかおさなごの守りをする年寄りはおらぬ。

美歌は心なし先輩を敬うごとく挨拶をし、飛び跳ねるおさなごらにハンドバッグの菓子を分け与えている。ひと昔、ふた昔前にはおなごの世間にはつまらん番付があった。娘よりも年増、嫁よりも姑、姑よりも婆。そして初産よりも二人目、二人目よりも三人目の妊婦の方が格上じゃった。あたしの生家の母は男五人、女二人を産んだので、親戚中では権勢を張ったもんじゃ。男児を産めばやがて戦争にどんどん注ぎ込むことができる。今日では世界中が資源、資源と言うとるが、昔を知っている者には人間ほどの尽きぬ資源はどこにもなかった。夫婦が一つ床に入れば子は次々と生まれることになっている。貧しい親はろくに食わずとも子はできる。

そうやってあたしの母は三人の息子を失うた。

迎えのワゴンに二組の母子と、美歌が乗り込んで勢い良く出て行った。あたしは洗濯と掃除がすむと、静かな家の中で勤子が作り置いて行ったアゴのそぼろ弁当を食べた。そうこうしていると今度は小夜子の車があたしを迎えに来る。

昼下がりの道は車の影が絶えている。

開け放した車の窓から、ピュッ、ピュッと働き者の海女だちの切るような磯笛が流れてきた。海の波が歌うているようじゃ。こんな小島の昼中では、陸(おか)の上より海の方が賑やかなときがある。

しかし日の暮れ方や、雨模様の薄暗い日には、その磯笛が物哀しげに聞こえる。海女の肺腑ぎりぎりに堪(こら)えていた息の切ない音じゃ。

倍暦を貰うてからそろそろ磯の仕事に出る日が少のうなってきた。この頃は雨が降ると休む、風が出ると休む。美歌に赤ん坊が生まれたら、家の者がこのときとばかり、海女を辞めろと言い始めるじゃろう。困ったことじゃ。陸に揚がったらそれこそあたしらは、もう空にでん昇るしかあるまいに。

運転席の窓の向こうには、時が止まったような海と、ゆるい丘の道がくちなわのように延びている。海の仕事を休んだ日は、空のお天道の動きが普段よりのろい。

「さて、この前はどこまで進んでいたじゃろか?」

一番年長の鵤(いかるが)シホイは、半月前の寄りのことをもうさっぱり忘れた顔じゃ。海女小屋の机には町役場でコピーした海図が広げられている。先々週の寄りのとき、記録係になったあたしの下手くそな絵地図を作っている。自分ながら、文字も絵も子どもの落書きのようで面目ない。しかしここにいる婆ならば誰が書いてもこのようになる予想は付いて、あたしの絵地図を笑う者はおらん。

絵地図の真ん中にはこの魚見島がある。その右手の海に「平井の藻場」の印を付けた。最近は小エビが増えてきたというので、チョンとエビの絵を描き込んだ。

「これから情報を少しずつ足していくんじゃ」

「もう書き残していたものはなかったか」

こんなとき小夜子はよく覚えている。

「こないだの最後に出た話は、大井のシマの幽霊じゃったな。ほら、シホイさが海軍の若い兵士に出会うた話じゃ」

小夜子は皺首を伸ばして、声音を変えた。

「お尋ね申します。トラック島はどっちでしょうか……」

両手をだらりと突き出して幽霊の真似をする。

「アア、やめれ、やめれ」

シホイが眉を寄せて小夜子を止める。


霊(たま)出せ。霊出せ。

霊出せ。霊出せ。


あたしだちは慌てて海の除霊の呪文を唱えた。

さてあたしは今日も墨をする。

千夏(ちなつ)が手提げ袋から鉛筆書きのメモを出して眺めた。

「うちの倅の言うにはな、平井のシマから東にヤマ二つ行った辺りは、カジメの林がよう育っとるらしい。久しぶりに行ってびっくりしたそうじゃ。今度、嫁も行って潜ってみるらしい。アワビが育っとるかもしれん」

ヤマ二つ行った辺り、というのは漁師言葉でいう「山立て」のことじゃ。陸(おか)と違うて目印のない海の上では、遠くに見える山や岩場を見立てに使う。平井のシマから舟木岬(ふなきみさき)を眺めて、そこの山影を二つ、左手に見ながら船を漕いで行く。

「その辺りは元根島の森の養分と、魚見島の森の養分が合流する潮路じゃ。放って置いても潮が育ててくれる。有り難いことじゃ」

とシホイが一人でうなずく。シホイは今年九十になるから倍暦でいうと百八十歳で、この頃は雨が降っても陽が照っても風が吹いても有り難がる。あたしは世の中を見れば、まだいろいろと腹が立ってくる。何やらだんだん神のようになっていくシホイが幸せかどうか、あたしにはわからん。

地図の舟木岬の先にあたしは「カジメ林」と書いて、ついでにひょろりとしたカジメの絵を入れた。小夜子が近所の漁師から聞き込んだ話を披瀝する。これは大事な情報じゃ。

「鷹鼻の岩場にはな、この頃ウツボがウジャウジャ集まってきとるらしいぞ。こないだタコ釣りに行ったら出てきてのう。海女の衆に知らせてくれということじゃ」

「ウツボは岩礁が好きじゃが、そんなに一杯集まるとは、どんな餌があるんじゃろうか」

あたしは首をひねった。ウツボの好物はエビじゃ。そしてもっと大好物なのはタコじゃ。いつか倅の太蔵がタコを釣ると、ウツボが待ってくれ、とばかり追って出てきたそうじゃ。

「ウツボの歯にかかったら大ごとじゃ。毒はないが大怪我をしかねん。クワッとあの口が開いたなら、メリメリメリッともう両眼の辺りまで口が裂けていく」

しかしウツボはいつまでもそこに居続けるとは限らん。そのうち場所を移すかもしれん。地図に書き入れるかどうか、あたしが思案していると、

「書いておけ。一時はよそへ行っても気に入った所ならまた戻って来る」

とシホイは言うた。すると小夜子が思い出したように、

「場所が定まらんのなら船幽霊も同じじゃろう。あれもあてどなく海をさまようじゃねえか。トラック島を探しとる海軍の幽霊を書き込んだなら、ウツボだって入れねばならん」

ということで、あたしは鷹鼻の岩場に「ウツボ」と書いて口の裂けた蛇の絵も入れた。シホイも千夏も小夜子もその絵を見てみんな噴き出した。

「しかしウツボは美味いぞ。見かけはあんな斑(まだら)模様で鳥肌が立つが、味は白身のキンメに勝るぞ」

シホイはウツボを食べたことがあるようじゃ。あたしだちはウヘーという顔をした。もし陸の蛇がこのウツボの顔を見たら怖じ気づくんじゃなかろうか。

それにくらべてキンメは愛らしい魚じゃとあたしは思う。あの魚は何であんな大きな目玉をしているんじゃろう。底魚というて暗い深海に棲む魚は眼はいらんじゃろうに、何でキンメの眼はあんなにデベソのように飛び出て大きいのか。

それとも深海の気圧のせいで、あんなに眼が膨れて飛び出たんじゃろうか。それもただ飛び出とるだけじゃなく、赤く腫れて泣き濡れておる。そうじゃ、キンメの眼は泣き濡れておる。

ふと、あたしは天皇海山列のことを思い出した。

シベリアはロシアで、アラスカはアメリカ領じゃが、天皇海山列の海はどちらのものでもない

と聖也は言う。青い海の地図にこの海山列の姿は妙に座りが悪う見える。よその海に紛れ込んでおるようで、しかしそのくせ海山列は身を隠すには長うて堂々たる山並じゃった。さすが天皇の名に恥じぬ。

ただ、腰を据えた場所だけが不似合いじゃ。

「この海の底の山々は大昔、火を噴いておったという。海の中でどうやって火を噴いたのか想像がつかんが、水の底で火が見えんじゃろうかな。今ではキンメやツボダイの、格好の産卵地になっておる」

「ほう、帰ってうちの亭主に聞いてみるが、そのシマは何という所かね」

と小夜子が聞く。

「テンノウカイザンという。日本の天皇がおられるじゃろうが。その天皇の海山という名前らしい。海の底の山というわけじゃ」

「何やようわからんが……」

「アメリカの学者が名前を付けたんで、正式には……えーっとエンペラー・シー・何とかちゅう名前じゃった」

やっぱりみんなはきょとんとしておる。あたしは海山の名前を思い出すままに言うてみせた。古い天皇の名前じゃからすぐ口に出るからな。

「カンム……、ユウリャク……、オウジン。それからニントク……、ジングウ……、まだまだあったぞ」

小夜子は腑に落ちぬ顔をする。

「何でまたアメリカの学者が、そんな海の底の山に、日本の天皇の名前を付けたんじゃ？」

ここでもまたその話になる。

「戦時中には日本海軍がその海山を密かに調べていたそうじゃ。それを戦後間もなく日本に来たディーツが、記録ばまとめて公表したらしい」

「それでもアメリカの学者が何で日本の天皇の名前ば付けたんじゃ？　戦後すぐならほかに適当な名前もあろう。マッカーサー海山とかな」

あはははとみんなが笑うた。

「ルーズベルト海山とか……」

あははは。

「リンカーン海山とか……」

あははは。

日本の古い天皇の名前ば付けたディーツの心はわからぬが、この学者の何か胸の温かさのようなものが、あたしには惻々と伝わってくるようじゃった。

ディーツがこの国に来た頃、敗戦国の天皇は惨々たるお方じゃった。昭和の戦争で何百何万という人々が死んで、その死人と相対して生き残ってしもうたこの方の生涯はどんなもんじゃろ。

国民の屍ば背負うた命じゃな。

　ディーツはそんな無惨な天皇から眼を外した。そしてもっと昔々の遠いいにしえの世の、誰も見たことのない天皇を取り出したんじゃあるめえか。

「どうじゃ。もっと地図ば広げて、いっそこの天皇海山列も入れてみるか」

　とあたしはみんなの顔を見まわした。

「トラック島に行きたがっとる兵隊の船幽霊から、鷹鼻のウツボまで何もかも混じってしもうたんじゃ。こうなればいろいろ盛り込んでみるのも賑やかな海の地図じゃろう」

「どうやって地図ば広げる？」

「何、紙を継ぎ足せばよか。横にも縦にも継いで北はアリューシャン列島から、南ももっと下がってミッドウェーからトラック島、レイテ島まで入れたらどうか」

「ちょっと待て待て。そりゃ何の地図じゃ。魚、アワビのシマはどうした」

　とシホイが呆れる。

　あたしはちょっと考えた。

「海というたら命じゃろう。山も川も人も魚も軍艦まで呑み込んでいる。そんなものがまぜこぜになった、賑やかな地図も面白かろう」

「それがよか、よか。いろいろ一杯取り混ぜて作ろう」

　と小夜子が笑うた。

「こりゃ面白うなったぞ」

みんな笑い出した。シホイも諦めて、

「そうすりゃよか」

と言うた。

「来年はまた海女の新しい満期組が入ってくる。婆が増えれば、そのぶん地図に入れる話も増えるじゃろう」

最年長のひと言には分別があるのか、それとも耄碌が混じっているのかよくわからんが、とにかくそれで話は一つにまとまることになった。あとはあたしが島の古い文房具屋から紙を買うてくることとじゃった。それをどこにどうやって継ぎ足すか、家に帰って美歌に相談してみることにする。


海女小屋の表に車の音がした。誰か車から降りてドアを閉めたようじゃった。老人の大きな咳払いが響いて、海女小屋の戸がカラカラと開いた。小夜子が立ち上がって出て行く。

「よう、婆だちはおるか」

潮風で鍛えた太いだみ声は、水上タクシーの立神定雄じゃった。船の親爺がここに何の用じゃろう。

板戸がガラガラと開いて、立神の爺と一緒に入ってきたのは美歌じゃった。病院が終わったようで、さっぱりした顔をしている。小夜子が立神を部屋に招じ入れる。後から美歌も大きな腹を抱えて、ヨイショッとばかり上がってきた。

「さっき船着き場でこの子に会うてな、婆のとこへ寄ると言うから、わしの車で連れてきてやった」

「そりゃ世話になったのう」

「あたしは子どもじゃありません。もうすぐ赤ん坊を産むんです」

と美歌が口をはさむと、

「そうか。この子が子ば産むとか。そりゃ偉か。しっかり産むがよかぞ」

立神爺は大いに励ました。この爺の大声は船のエンジン音にも負けん。小夜子は台所に二人分のお茶の用意をしに行った。

美歌は部屋に入るとあたしのすすめる座布団に座り、にっこりと右手の二本指を立てて見せた。七カ月の腹の子は順調に育っているようだ。よしよし、あたしも黙ってうなずいて返した。

立神爺は胡座をかいて座ると、机の上の地図を眺めた。

「こりゃなかなかの出来じゃ」

この爺は鷹鼻のウツボのことも、大井の海軍の若い幽霊のこともよく知っていた。

「ただの地図なら金ば出せばなんぼでもある。ウツボや船幽霊の情報は誰でも知っとるもんじゃないからのう」

あたしはくすぐったい気がした。

「字は下手くそじゃが、絵が入っとるのでひと目でわかる」

あたしは立神爺のそばに行ってお茶を出した。この爺さんには聞いてみようと思うていたことがある。

「定ちゃんは現役のときさ、遠洋の船に乗っておったじゃろう。そのときどんな漁場へ行ったかい」

「マグロやカツオ漁じゃったな。遠洋も近海も仕事があればあっちこっちに行った」

「キンメの底引き網はやらんじゃったか」

「うむ、声が掛かって何回か行ったことがあったな。底引き網は平頂海山というて、水深が深く山頂が平たいほど漁獲が高うてな、天皇海山列が一番の漁場じゃった」

立神は懐かしそうに眼を細めた。

「あの辺りは幾つも深い海溝ができとって、その中に海図にも載っておる変わった名前の海山が並んどる。天皇海山列の中じゃ光孝海山がよう獲れた」

「コウコウじゃと?」

「この山はディーツの調査の後に発見されたんです」

と美歌が付け加えた。天皇海山は増えていったんじゃと。聖也と美歌が練習船で行って測量した山じゃ。美歌は聞き役に徹しておる。小夜子が羊羹を切って出すと、立神は右手に湯呑み茶碗、左手は楊枝に刺した羊羹を持ち、食べながら大音声でしゃべる。

立神爺の話を聞いていると、海中の様子がぼんやり見えてくるようじゃ。高い山の天辺で船が網を引いている。ずっしりと掛かったキンメの塊がワイワイもがいている。しかしそこは実は五百メートルの水深で、そんなものは見えはせん。

辺りはただ濃く深い闇で、網がずっしりと引き揚げられると、ピチピチピチピチ跳ねる真っ赤なキンメの塊となる。

「それでキンメの漁場と言えば天皇海山列の中でもだいたい決まっていて、桓武から雄略、欽明、光孝辺りでやるんじゃ。もう少し上の応神、神功も悪うはない」

「ふふ。歴代天皇も立神さんにかかると形なしですね」

そばで美歌がクックッと笑うた。爺は満更でない顔で片手の湯呑み茶碗のお茶を啜る。

「まあ、マグロやカツオ漁はほとんど甲板の上での格闘じゃが、底引き網のキンメ漁は、海中の闇の中での闘いとなる。眼に見えぬ魚だちが集まってくる姿を、みんなでじっと待つんじゃな。魚の探知機ちゅうもんもあるが、わしら甲板の者はただ見えん影を頭に描いて固唾を呑んで待つ」

「爺さん。そりゃおなごを待つ気持と似てござるか」

と千夏がつまらんことを言う。

「おう、愛（いと）しかキンメに逢うのも命がけじゃ。あそこは暴風の海じゃからな、冬の荒れ方はもう激烈じゃ」

立神爺は煙草に火を点けて煙の行方を眼で追うていた。

やがて窓の外の陽が少し翳ると、立神は煙草の箱をポケットに入れて、

「そろそろ去(い)ぬるとするか」

と腰を上げた。家に帰ると元海女の婆と夕飯が待っている。あたしだちも柱の古時計を眺めて帰り支度にかかった。

硯と筆を箱に収めて、自分の書き込んだ海の地図を眺める。なるほど立神爺が言うように、こんな紙の上に記したものでも自分の住む島が描かれて、慣れ親しんだアワビのシマも書き込んであると、絵に描いた虚言(そらごと)とは趣が違う。見るうちに岩場の印にじわじわと海水が膨らんで、波が漂い出してくるようじゃ。

カジメの水中林もある。昔々の長安や、戦時中のトラック島に行き惑った霊魂がさまよう場所もある。全部あたしが筆で記したものじゃが、紙の上に立ち上がる。

よか、よか。

あたしはつぶやいた。どんどん書き込んでやる。

海女仕事をして帰り道の、小夜子の車の窓から見える浜沿いの道が好きじゃ。日の長い季節で海はまだまだ明るかった。朝のお天道は澄み切って青いくらいじゃが、日中は力を増した光が赤

うなって、夕方にはおごそかな金色が混じる。

浜で見るものは空と海と浜とお天道だけじゃ。今日まで、あたしはそんなものばっかり眺めてきた。

夕方の海はどっさりと重たげじゃ。

この世に海くらい重たげなものはほかになかろう。

山がいくらどっしりと重いというても、海の広さには敵わぬからな。海はあまねく世界の隅々まで満ちていて、その中にちょこっと陸がある。陸の中にまたちょこっと山がある。

それでやっぱり海が主じゃな。

その海がさっきからずっと見えている。この海の底にも姿の見えぬ山々があるんじゃなとあたしは思うた。天皇海山列が並んでおる。すると海の重さだけでなく、その海山列の重みものしかかってくるようじゃ。

世の中に、口にも言えぬほど大きなものというたら、あたしが思い浮かべるのは夏の空に柱のように立ち昇る入道雲じゃ。雲は刻々と漂うて揺れ動き形の定まらぬ妖しい生きもんじゃ。これに較べると地に聳える山は、麓から天辺までひと目で姿が見てとれる。

陸地の山と較べてみると深海の山々は見えぬからはっきりした姿を持たねえ。姿はあるにはあるけれども、そのあり方がぼんやりしておるんじゃな。しかし入道雲はやがて消えていくが、海山はずっと深海の底に在り続ける。

いつまでも消えぬ入道雲みたいにな……。

五　魚だちよ。この水の下にごっつい鉄の艦を見なんだか？

おかしな夢ば見た。

昨日の朝のことじゃった。いつものように太蔵夫婦が漁に出て行った後のこと。美歌は近所の妊婦仲間の家に遊びに行って帰らねえ。それであたしが一人で昼ご飯を食べて、それからお茶を飲んでいると家の表に車の着いた音がした。

「ミツルさァ。おらんかね」

小夜子の呼ぶ声がして、車の音がブルブルブルと響いていた。

戸口まで出て行くと、何じゃネズミ色のマイクロバスみたいなボロ車が停まっていた。しかしバスにしては妙に小さい窓が並んでいて、見慣れぬ車じゃ。車体は鉄板で覆われて継ぎ目には鋲が打ち込んである。えらく古そうな車で戦前の遺物みたいじゃ。

その窓から小夜子の首と、千夏の首と、シホイの首と、そしていつの間に近所から帰っていたのか美歌の首まで突き出て、みんなでにこにこしている。記念写真のような顔で、懐かしいような妙な顔じゃった。

運転席の窓から立神爺の首が出て、

「こっちに座れや」

と助手席を指差している。

「みんなでどこに行く？」

「天気が良かけん、遠乗りじゃ」

爺は白髪頭にヘルメットをかぶり、首には銃弾の入った帯のようなものを掛けている。

「何じゃ、戦争にでも行くんかい？」

「まさかの用心じゃ。この国も危のうなってきたからな」

車に乗り込んで後ろを見ると、小夜子も千夏もシホイも美歌も、いつの間にかヘルメットで、やっぱり首には銃弾の帯を巻いている。小夜子が「それ」と後ろから、あたしのぶんのヘルメットを渡してくれた。

「出発」

立神爺が重い車をブルブルと発進させた。その音まで何とのう年代物という感じがした。

最初のうちは海沿いの道を走った。そのうち海が消えると原っぱのような所に出た。ただ原というても青々とした野原じゃのうて、土埃の立つごつごつした見渡す限りの荒れ野のようじゃった。うちの島にこんな所があったかと思うていると、爺が車を停めた。

車を降りると、爺が彼方の地平線を指差した。

「向こうがイルクーツクじゃ。そこから鉄道がこっちにまわってきておる」

どこの話をしているんじゃろう。

見ると鈍い銀色の長い鉄路がこっちへ連なっている。いつの間にか夕陽が落ち始めて、辺りには寂漠とした気配が迫っていた。立神爺は鉄路のかたわらの小さな土饅頭(どまんじゅう)らしきものに近寄った。石ころが一つ上に載せてある。

「これは日本式の墓じゃな」

この辺りの少数民族は盛り土だけをする。石は置かないので見分けがつかなくなると立神の爺が言う。

「もとから霊魂を見分ける必要はない」

「どうして」

「空の空気を分けぬのと同じじゃ」

「そんならトラック島に行きたがっとる霊魂はどうするか」

「成仏するように拝んでやればよかたい」

「拝んだらどうなる?」

「ただの空気になる」

立神爺は片手を上げてヒラヒラと振った。

「それが成仏じゃ」

ボオォォォォー！

と彼方から長い汽笛の音が鳴り響いた。

するすると銀色の鉄路を滑って黒い汽車が走ってくる。いや汽車ではなくて荷を運ぶ無蓋貨車じゃ。戦後はこの貨車が石炭を山のように積んで本土を走ったもんじゃった。貨車の行く手には明けの明星くらいの小さい希望が光っていた。

立神爺が貨車に手を振った。あたしら世代は貨車でも汽車でも走るものに手を振る癖があった。走るものは良か所へ向こうている。キラキラする方へ進んでおる。

みんな手を振れ。

貨車が滑るように近付いてくると、連なった黒い箱の中には白い顔の人間が溢れんばかり乗っていた。その顔を見てあたしは息を呑んだ。

それは髑髏（どくろ）の顔じゃった。目玉の落ちた後の二つの穴と、歯が剝き出しの口の洞。骸骨列車じゃ。大勢の骸骨だちが総立ちで、一斉にカシャカシャと白い骨の手を振った。

あたしだちも手を振り返して見送った。

どこへ行くんじゃろうか。

貨車が見えなくなると、あたしだちの乗った車は荒野を走り出した。

「この先はどこに行くか」

とあたしは聞いた。

「ノモンハンはどうじゃ」

ひょいと立神爺が思い付いたように言うた。

何？　聞いたことのあるような。ええと、どこじゃったか。ノモンハン、ノモンハン。

するとシホイが口をはさんだ。

「そこは昔、満州とモンゴルが国境ば挟んで衝突した場所じゃろう」

「そうじゃ。ノモンハンというたらな……」

とハンドルを握った立神爺が声を太くしてしゃべり始めた。

「満州とモンゴルの国境付近じゃ。満州軍が国境ば越えてモンゴルに攻め込んで、それば迎え撃つモンゴルと戦争が始まった。そのときの満州の後ろ盾は日本で、モンゴルの後ろ盾はソ連でな。たった半年の間に日ソ両軍合わせて、じつに四万人を超える死傷者が出た」

思い出した。ノモンハン事件は太平洋戦争の前じゃけど、あれがそもそも戦争の地獄の入り口じゃった。

年嵩のシホイは落ちくぼんだ眼を見開いて、

「おれはそのとき数え年の十二じゃったな。元根島の映画館でそのニュースを観たぞ。勇ましい音楽が鳴っていた。あの頃、日本は狭い国土で腹を空かした狼みたいに、大陸へ大陸へと獲物の植民地を分捕りに出て行った。それから太平洋戦争まで、ほんにアッという間じゃった気がする」

「しかしノモンハンは遠くはねえか？」

あたしは首をひねった。

「なあに、ここを突っ走ればやがてノモンハンじゃ」

立神は造作なげに草原の彼方に顎をしゃくった。

「そんなら行こう、行こう」

シホイも小夜子も活気づいた。

そんなあたしだちをよそに、美歌はいつの間にか車を降りて、向こうの方で痩せ地にヒョロヒョロと生えた小花を摘んでいる。

「これ、アレチノギクっていうんですよ。こんな所にも生えてるなんて。植物は簡単に越境するんだわ」

親指と人差し指にはさんでくるくるまわして見せた。

「よし、そんなら出発じゃ」

あたしたちはまたぞろぞろと車に乗り込んだ。

「ノモンハンに行くぞ」

「おう、行こう、行こう。どこでも行ってやる」

車がブルブルと唸り出す。

窓からぐるりと見まわすと、右も左も地の涯のような景色が広がっていた。荒れ地だけ。東西南北どこへ向いても地の涯で、立神爺は地図も磁石もないのに、あっさりと車を出した。

彼方の空に切り裂くような雷光が走った。

どんどん進むと遠い空に幻のように、黒い森がどっかりと浮かび上がった。

「あれは蜃気楼じゃ。何千キロも離れたツンドラのタイガが、空に映っとる」

ツンドラ？

はて、するとここはいったいどこじゃろうか。だんだん頭がこんがらかってよくわからぬようになっていく。

「うわ、水が出てきおったぞ」

爺が車を停めた。さっきまでの土埃の地面に、どうしたわけか薄く水が広がってきた。浅うて広い川のように横へも縦へもじわじわと流れ込んでくる。水に空がキラキラと映った。水はどこからともなく滲み出てきて、地面にいちめんの空が生まれてくる。

あたしだちはヘルメットを脱ぎ銃弾の帯を外すと、身軽になって外へ出た。足元の水に映った空を見下ろすと、眩暈（めまい）がしそうじゃった。天地が逆様になっておる。うっかり足を動かすと、空を踏み抜きそうじゃった。

「うわっ、おばあちゃん！」

大きな腹を大事そうに抱えていた美歌が、ハッとしたようにあたしに叫んだ。

「あああああたし、魂になったみたい！」

おう、まことじゃ。水に浮かんだ美歌の姿は、半分透けた霊魂のようじゃった。美しい妊婦の魂が水に映じたような姿に見える。

あたしはなぜか両手を合わせて拝みたくなった。

するとそれを見ていた美歌もあたしの方を指差して、

「おおおおおおばあちゃんも魂になってる！」

あたしはわが身をうち眺めた。

そうじゃ。あたしも体が浮かぶようで、いよいよ霊魂になったかもしれんと思うた。ふわふわと水色の空に浮かんでいる。

見渡すとあたしと美歌だけではなかった。立神爺も小夜子も千夏もシホイも霊魂のようじゃ。白髪頭を振り乱した立神爺は、霊魂というよりは死霊に見えたが、いやいや、ここではそれは言うまい。

「おばあちゃん。お客さんです」

と若い女の声がした。

いつの間にか、あたしの眼の前に美歌の顔があった。

睫の長い黒い眸がゆっくりまばたきをする。

美歌は年寄りが珍しいようで、よくこんなふうにじっくりとあたしの皺まみれの顔を見る。この子の家には年寄りがいない。あたしも若い女ん子が珍しく、同じようにふつふつ生えそろった清らかな眉毛や、赤い牡丹の花びらが重なったような口元を見る。

若い女の子の愛らしさは猫や犬とは違う。毛のない、つるつるとした生きものみたいじゃ。たとえばイカか。蚕か。それとも白い蛇。美歌が聞いたら腹を立てるじゃろう。あぶない。あぶない。あたしはのろのろと畳の上に起き直った。

点けっぱなしのテレビに昼のニュースが流れている。あたしの体にはタオルケットが掛かっていた。海に行かない日は婆と妊婦の二人だけ。美歌が持って来てくれたのじゃろう。

「お客さんは玄関です」

あたしが立ち上がって出て行くと美歌もついて来た。

玄関には男が立っていた。その姿を見たとたんあたしは思わず眼をこすった。今まで見ていた夢の中の立神爺その人じゃった。夢と寸分違わぬ顔をしている。

「今日は水上タクシーは休みでな、ちょっと島の周辺ばまわってみようかと思うてな」

あたしは式台に腰をおろした。

「周辺をまわってどうする」

「船もたまによかぞ。あんたらは一生、水の中で息ば詰めて、ただもう一瞬でも早うアワビを獲って、息が切れる前に上に揚がらにゃならん。波の上は空気が一杯じゃ。この空気だらけの、この世という極楽に生まれて、何で息の詰まる思いをせねばならんか」

立神はおかしなことを言う、と思ったが、おかしいのは海女の暮らしの方かもしれん。

「たまにゃ波の上に揚がってみたらどうじゃ。普通の者は金にあくせくするが、あんたらは吸う息にあくせくする」

「定ちゃん、喧嘩ば売りに来たか」

だんだん腹が立ってきた。海女などしたこともない立神の爺が真に迫ったことを言う。

たしかに今まであたしは息を詰めて、苦しい苦しい、ともがくような二分、三分の世界に生きてきた。この世でタダは空気しかない、その空気に飢えながら生きてきた。

爺から見ればそう見えるじゃろう。しかし海女の倍暦の齢になっても、あたしはまだ海女の鑑札を漁協に返す気にならん。息ばっかり豪勢に吸うても、貧乏しとればつまらんじゃないか。

「そう怒るな。ちょっとしたクルージングに誘いにきただけじゃ。船賃はタダでな。舟木岬の沖まで行って、爆沈した潜水艦の上を通ってみらんか」

「ただ上を通ってどうする?」

「あれから七十余年、潜水艦は波の下でみんな眠っとる。その波の上に立つだけでよかじゃろう。海の地図を書くなら船の上から見る眺めも面白いかもしれん」

そういえば町立病院の健診日くらいしか船に乗ることはない。思うてみれば水の中以外は不案内じゃった。いつの間にか美歌が後ろにきている。そしてしきりにあたしの背中をつついている。行く、行く。おばあちゃん、あたしも行く。

あたしは立神の爺と背中の美歌の両方にうなずいた。

「そんならちょっと出かけてみるかい」

「その子も行くんか？　その腹で大丈夫かい」

立神が美歌に聞いている。妊娠中の六、七カ月というと腹の子が一番落ち着いている時期じゃった。

「大丈夫です。船は島の女性の足ですもん」

「そうか。そんなら乗るがよか」

部屋の置き時計を見ると昼の一時を指している。美歌とあたしは服を着替えると、念のために双眼鏡や帳面、ボールペンも袋に入れた。

あたしは本当に島の外のことを知らなかった。

家の表に停めている立神の爺の車に乗ると、まずは立神爺の船を停めてある港に向かった。

車の窓から海沿いの道が見えた。

それはさっきの夢の中の景色と似ていた。

平原の代わりにこっちは窓の向こうに海が続いていた。

この道はシベリアにもノモンハンにもつながっておらぬ。

雷も鳴ることはなく、蜃気楼も上らなかった。

車は真っ直ぐ十分足らずで港に着いた。


栈橋の横の駐車場に小夜子の車が停まっていた。

栈橋で小夜子の手を振る姿が見えた。

「何じゃ、わしが誘うたときは断ったくせに」

車から降りながら立神爺が言う。

「波の下は何にも見えんのに行ってどうすると、ヘラヘラ笑うたのは誰じゃ」

「すまん、すまん。その波の上だけでも、見ておこうかと思い直した」

「変なおなごじゃ」

「お前さんほどではないわい」

小夜子の言う通り爺の方が変人じゃ。そもそも七十年前に米軍が海没処理した艦船は、この岬の沖合い四十キロの地点にある。百何十メートルの海の底で、波の上には影も映らん。船の油代使うて、爺はただ行くばかりじゃ。

一同ぞろぞろと乗船して、狭い操舵室の作り付けの椅子に腰掛けた。立神爺はエンジンを掛ける。みんな何となくその激しい音ば聞いて背筋を伸ばした。船が港を出ると、小夜子は手提げ袋に手を突っ込んで捜し物を始めた。膝に取り出したのは線香の箱じゃった。

「あった、あった」

百円ライターを取り出してホッとした顔になる。

「沈没船に線香ばあげるんか？」

あたしはちょっと吃驚(びっくり)した。海没処理された艦船は無人じゃ。終戦で米軍が接収したもので、カラで明け渡された。死人は乗っておらねえんじゃ。

「それでも波の下には沈んだ艦がある。戦時中、あっちゃこっちゃの海戦で死闘ば尽くした艦だちじゃ。人のように線香ばあげて何がおかしい」

「そうじゃ。人も犬猫鳥も船もみずからの魂を持っておる。香華(こうげ)をあげて当然じゃ」

と操舵席の爺が大真面目に言う。美歌がクスクス笑うた。

狭い港を出ると海は青緑色の丘みたいに膨らんだ。ザブザブと立ち騒ぐ波の丘じゃな。

あたしはさっき家で見た昼寝の夢を思い出した。

夢の中では立神爺の車に乗って、小夜子や美歌だちと一緒にノモンハンかどこか果てしない荒れ野を走っていた。それが何と今はこうして、その立神爺の船に乗って小夜子や美歌だちと海原を進んでいる。あたしは操舵室の戸口から首を伸ばして外を見た。

おお。夢に出た蜃気楼ではないか。

とのけぞったのは大きな入道雲じゃった。

「美歌ちゃんというたのう」

いつの間にか立神がうちの嫁の名前ば覚えている。

「赤児ば産んだらまた海に戻るかい」

「そうしたいけど、とうぶん子育てに追われるんじゃないでしょうか」

と美歌がやるせなさそうにうつむけば、

「なあに、赤児は桶に入れて海に浮かべとけばよか」

まさかァ、と美歌が顔を上げる。

「あんた海が好きじゃろ？　赤児というもんは生後しばらくは、水の中で泳ぐもんじゃ。潜っても平気じゃ。母親の腹の中で泳いでおったからな」

「それは沈んでも大丈夫ってことですか」

すると小夜子が口ば挟んで、

「そうよ。昔はどこの海女の家も子沢山でな。海へ仕事に行って、三つ、四つの子どもば水の中に投げ込んどくと、後はきょうだいの子らがみんなでワイワイ引き揚げたり、引っ繰り返したり、沈めたりしてな。そうやって遊んでやるうち幼い子はスイスイと泳ぐようになる」

まさか、と美歌は疑わしい顔であたしを見た。

「ハハハ。そんなもんじゃったな、昔は」

あたしはうなずいた。世の中のことは四角四面の理詰めじゃ通らぬことがある。

すると美歌は何か思い出すふうで、

「そういえば出産・育児の雑誌か何かに、生後間もない赤ん坊を水に入れると、ふわっと泳いだって実験の話があったっけ。それと関係あるのかしら」

「ある、ある。大いにある」

と小夜子が訳もわからず決めつける。

「でもね、小夜子さん」

と美歌が身を乗り出した。

「魚から手足が生えて海から揚がったんでしょう？　そして陸で暮らすようになってからヒトになるまで、もう三億五千万年くらい経ってるんですよ。そんな長い間、ヒトの体に魚の記憶が残り続けるものですかねえ」

「残るもんじゃ、残るもんじゃよ」

またまた小夜子が訳知り顔に言うている。

じゃがしかし、待てよ。

そしたら赤児の齢というものは、倍暦を貰うたあたしだち年寄り海女などは到底敵わぬ、白髪三千丈の大年寄りということになるのではないか。いや待て。……ということは、赤児の齢はこの世に生まれて来たときから、引き算でどんどん減り続け、若うなっていくことになるのではあるまいか。

そういえば生まれたての赤児は不思議な顔をしている。孫の聖也が出てきたときの、まだ胎の水にびしょ濡れの顔を思い出す。赤児は猿みたいな顔をしとると人はよく言うが、あたしはそうは思わない。ただおかしな面相じゃったように覚えている。子どもでも、年寄りでもない。

何というか、不思議な顔じゃ。この世の不思議が顔というものになったようじゃ。謎が固まって目と口と鼻をこしらえたような、そんな顔かのう。


美歌が船酔いはせぬかと案じていたが、何ともないらしい。それもそのはず、この子はカムチャッカ沖の、天皇海山列まで学校の練習船で行ったんじゃからな。水産大学校というのはなかなか面白か学校じゃと思う。

やがて三十分も経った頃、目当ての岩場が見えてきた。ここまで来ればあとひと息という所じゃ。ここは東シナ海の大陸棚の端っこで、どこまで行っても百から百五十メートルくらいの浅い海が広がっている。海図ではこの一帯は薄い乳色に塗られている。

大陸棚というのは浅い水に浸った浜辺のようでな。海は青い色をしておらぬ。牛乳を溶かしたような白っぽい色で、昔、家の風呂に入れた薬湯のムトウハップの色に似ている。その乳色の湯のような海中に小さい島々がぽかりぽかりと浮かんでいる。

操舵席から立神爺が指差した。

「十年くらい前、平井の漁師がここにタコ獲りに来て戦時中の零戦の機体を見つけた。あの岩礁の向こう辺りじゃ」

「岩場に墜落していたの？」

美歌が首を伸ばした。

「いや、岩場ならとっくに発見されとる。その漁師は男海士(おとこあま)でな。波の下に何や細長い大きな影がぼんやり見えていたというから、水深も二十メートルそこらじゃろう。よし、とばかりそばの小岩を錘(おもり)に抱いて飛び込んだ」

素潜りは降りるのに時間がかかって息が保たねえ。そこで年季の入ったアワビ獲りの海女などは、鉛のフンドウを錘にしてひと息に潜水する。

「降りて見るとその細長い物は、赤や黄や青の珊瑚・海藻の花ざかりで、元の形も知れんかった。その極楽みてえな美しい操縦席に、航空服らしいのを着た骸骨が座っておった」

ヒャァーとあたしは身の毛がよだった。

「しかしすぐそれが零戦じゃとわかった。海底に折れて落ちていた翼のな、くっついた牡蠣(かき)殻の間から青い日の丸が見えたんじゃ」

「青い日の丸？」

「水の中では深うなるにつれて、辺りのものの色味が変わって見えるからな。深うなるほど青味が勝る。零戦の翼の赤い日の丸が真っ青な玉に見えた」

血の気の失せた日の丸じゃな、とあたしは思うた。

「機体の後ろ半分は破れて、骸骨だけが何や神サンにでも守られたように元の姿で座っておった」

一同ふっと黙り込んだ。あたしは骸骨の操縦士の姿を頭に浮かべた。昼の夢で見た貨車は白骨が乗っていたが、海底の骸骨は青いんじゃと。青い日の丸は死の標しじゃな。

「漁師が胸ポケットを探ると手帳みたいなもんが出てきた。それば持って無我夢中で上へ揚がってな、警察へ知らせに行ったんじゃ」

「戦後五、六十年も経ったら、遺族も探しにくかったろう。親の世代は死んどる者が大半じゃ」

「半年後くらいに何とか遠い親戚というのが見つかって、骨ば引き取りに来たようじゃ」

「ずいぶん吃驚したでしょうね」

「ろくにホトケの名前も知らぬ遠縁らしゅうてな、鳩が豆鉄砲食ったような顔をして遺骨ば受け取ったらしい」

みんな顔を見合わせた。

「それからどうしたんじゃろう？　お寺に拝んで貰うたろうか。どこぞに納骨もせにゃならぬ。いきなり天からとんでもねえ物が降ってきたみたいじゃのう」

「その引き揚げの費用は誰が持つのかしら」

美歌が呟くと、立神が、

「そりゃ日本政府に決まっとる」

「決まっとる、決まっとるさ！」

小夜子が太い声で何度も言うた。


岩場を過ぎてしばらくすると船の速度が落ちた。

あたしだちを乗せた船はゆっくりと、円い輪のような航跡を曳きながら進んだ。

「だいたいこの一帯じゃな」

爺が振り返った。

「今来た舟木岬はあっちで、本土の野母崎はこっちじゃ」

と爺は片手で東を、もう片手で西の方角を指しながら言う。あたしだちはぞろぞろと甲板へ出て船べりに立った。

来し方を振り返ると平井の岩場も消えていた。

海だけじゃ。ほかに何もない。

船のエンジンだけが猛然と音を吐いておる。あたしだちは周りをぐるりと眺めまわした。カラーンとした海に船だけが取り残されたようじゃった。

この海で本当に昭和二十一年四月一日、終戦後の初めての春、米軍の水雷が弾けて、二十数隻の艦船が次々と悲鳴ば上げて沈んでいったのか？

海も空も真っ青でカラッポ過ぎてとりつくシマもねえ。

ドッドッドッドッとエンジンは鳴り続ける。

おおーい。おおーい。おおーい。

船が四方に叫んでいる。

誰かいねえのかあー。

いつじゃったか地元のテレビに、海の底に沈んだ艦の影が映し出された。真っ暗な水中に器械が捉えた光の影みたいじゃった。アメリカの海没処分が真実おこなわれたのなら、この波の下には戦艦の骸が累々と打ち重なり転がっているはずじゃ。しかし人間の眼にはそれが見えぬ。波の上は何事もない。

「ほんなこつ（本当のこと）かのう？」

「ずいぶん深そうじゃけども」

海の色は黒ずんだ青色じゃった。

大陸棚と一口にいうても真っ平らではない。ここらは黒潮の通る道で見た目にも潮の色が暗い。南方から来た黒潮が鹿児島沖から太平洋に上る本流と、日本海へと流れ込む対馬海流とに分かれる。二つの潮が交わるところで波もある。

この一帯は海図ではムトウハップ色になっておるが、その昔、唐国に行く弘法大師も何十日も風待ちばなされたという海域じゃ。海の難所でな。

みんな黙って眺めておる。

海はもとから人間の口を重うさせる。

何せ、この大層な水の量じゃ。この世に一番多いものは海の水じゃろう。いったい人間というものがいて、獣だちがいて、鳥魚だちがいるだけの見る限りの世に、どういうわけでこれほど大層な量の水が溜まっているんじゃろう。

この世は海水のせいで、ひしひしと重たい。塩を含んだ海水の、このずっしりした重たさはどうじゃ。あたしは海女じゃが、海を畏れておる。

「小夜子。線香はどうした」

操舵室から立神の声がした。

小夜子はキョトンとした。

「そうじゃ、忘れていた。ここは何もなさすぎて肝心のことを忘れてしまうところじゃった」

「何もないじゃと？　この水をどけたら九州の海は先の戦争で沈んだ艦船だらけじゃ。わしら男ん子だちは親父らの海の戦跡の話ば聞いて育ったもんじゃ」

と立神爺は操舵室からエンジン音に負けじと怒鳴る。

「ここから天草寄りの海では、昭和十九年八月にアメリカの潜水艦の雷撃ば受けて巡洋艦『長良』が沈んだ。艦長以下三百五十名が艦と運命ば共にした」

あたしだちは黙って聞いていた。

「南に下った鹿児島の坊ノ岬沖には、終戦の年の四月に戦艦『大和』が沈んで、そっちにゃ三千人以上が乗っていた。その海域には『大和』の艦隊の駆逐艦『磯風』『浜風』『朝霜』『霞』らもおるはずじゃ」

立神爺は艦を生きもののごとく言う。

「総員合わせて三千七百の戦死者じゃ」

うなずいたあたしだちの頭の中に、海底を埋める青い骸骨が浮かんでくる。

それにしても立神爺の齢をとっても衰えぬ脳味噌と、頑健な五体の因(もと)は先の戦(いく)さへの憤りが生み出しておるんじゃろう。

小夜子が操舵室に置いていた手提げ袋を取って来た。

線香の束を箱から出してみなに配った。一人ずつ分けた線香の束に百円ライターで火を点けていく。白い煙が風に吹き飛んでいく。

「水に投げれば線香の火は消ゆるが、回向(えこう)したまことの火は水の底まで届くじゃろ」

真面目な顔で小夜子が言う。

船べりからパラパラと煙の立つ線香を投じると、松葉みたいな緑色の線香が波間に落ちて消えていった。みんなも続いてパラパラ、パラパラと投げた。船の下の艦船は米軍接収後の無人船じゃが、回向の思いは立神爺が今言うた三千七百余の青い遺骨にも手向けておる。

波間に呆気なく消える火を眺めながらあたしは考えた。

いったい長寿とはなんじゃろうか。

八十五歳の自分の齢は、海女の停年で倍増の百七十歳に増えたが、気持は前とすこしも変わらぬ。そして短い命で逝った兄だちと、その何倍も生きたあたしと、はたしてどっちがよう生きたか。

浦島太郎が白髪の爺になったのは、亀を助けた善行による竜宮城の褒美じゃと聞いたことがある。

しかし今の世で浦島太郎が褒美の長寿を貰うたら、これはいったい、どんな罪科のせいかと恨めしがるじゃろう。

線香を投げた小夜子がしげしげと海ば見おろしている。

船はゆっくり動いていた。波はどんよりと揺れている。

小夜子がふと妙なことを言うた。

「ちょっと潜ってみたら何か見えるかもしれん」

「何じゃと?」

と立神爺が聞き返した。

「そりゃ無理じゃ」

とあたしはかぶりを振った。

「ここらの水深は百メートルの上はあるという。あたしらの齢で潜るなら、なんぼ気張っても二十五、六メートルが精一杯じゃ」

美歌がポケットのスマホを出して何やら調べ始めた。

「百五、六十メートルはビルの四十三階くらいかしら」

「へっ、何階じゃと？」

「四十三階……」

あたしは暗い水の洞を見おろす心地がした。素潜りの海女にそんな深みは一生縁がない。立神のいる操舵室に入って聞いてみた。

「なあ、いつじゃったか沈没戦艦のことが新聞に出たときは、二隻、海の底に突き刺さっとる船があるということじゃったなあ」

おう、そのニュースはわしも覚えとる、と小夜子も言うた。みんな島の者はあのときは吃驚したもんじゃ。

立神が重い口ぶりでうなずいた。

「それは日本海軍の伊号潜水艦じゃ。潜水艦は大和やら武蔵ちゅう名前はなくて、伊呂波（いろは）で呼ぶ。水の中に潜って姿を隠すから名前もいらぬわけじゃな」

「へえ、そりゃ可哀想になあ」

小夜子がうなずいた。爺は舌を出している。

「後で調査ばすると、伊号の四七と五八という二隻の艦（ふね）じゃった。伊号四七は包丁の刃を真っ直ぐ突き立てたように海底に刺さり、伊号五八はちょっと斜めに傾いて埋まっておった」

「そうじゃ。そのとき、ほれ、新聞に面白い図面が出たじゃろう」

とあたしは爺と小夜子を代わる代わる見て言うた。

「高い塔を立てたように突っ立っておる潜水艦の横に、奈良の大仏サンの絵が添えてあったじゃろ？」

「ああ、出ておった」

思い出したように爺が答える。艦の大きさを図にしたものじゃ。絵に描いた奈良の大仏は突っ立った伊号の足元に四、五等分したくらいの小ささで座っておった。

あたしは本物の潜水艦を見たことがないが、こんな大きな鉄の箱が海中を魚のように行き来しておったとは、えらいもんじゃ。しかしその伊号潜水艦の舳先も、まだすっぽりと頭の上まで水に漬かっていた。いったい伊号はこの海の、どのくらいの深みに沈んでおるのか。

「もしかしたらこの下に、潜水艦が突き刺さっておってさ、上からぼうっとでも透けて見えることはないじゃろか」

と小夜子の声が太うなった。するとあたしの頭にも、その海の底の薄暗い艦の影が伸びてくる。こっちの気持もしだいに動いてきた。

「そうかもしれん。見えるかもしれんな。今日ここに来たのも何かの縁があるかもしれん」

「おう、縁かもしれん」

あたしと小夜子は顔を見合わせた。

立神の爺もあたしらの勝手な勢いに少し笑うて、

「それでおめえだちは、いったいどのくらい潜ったら見えると思うとるか」

「そりゃわからん。しかしあたしらが潜れる深さには限度がある。そのぎりぎりまで降りて行くだけじゃ」

「アテのない話じゃな。その二隻だけでも沈んだ場所が特定できるなら、まあ潜り甲斐がないわけでもないが」

とあたしらを宥(なだ)めるふうで、

「しかし、調査が進むうちに、この辺りは二十四、五隻の艦の残骸が散らばっておることが知れてきた。いったいどの辺りにその伊号とやらが埋まっておるか、探知機もないこの船では、あてどない海中の拾い物ばするようなもんじゃ」

海中の拾い物か。あたしらはちょっと気を削がれた。爺の言うことはもっともじゃろう。

「どの辺りに飛び込むつもりか。何ぞ目当てがあるなら言うてみれ」

すると小夜子が楽しみ事でも話すように眼を光らせて、

「何度か場所ば変えて飛び込もう。船の位置もいろいろ動かしてみる。せっかくここに来たんじゃ。外れることもあるし、当たることもあるかもしれん」

それであたしも調子に乗って、

「一人ずつ交替で潜る手もあるぞ。そんなら探す時間も休憩時間も半分でよか」

「いや、それはならん。こんな沖で婆を独りで潜らせるわけにはいかん。二人ひと組が原則じゃ」

と爺は眼を剝いて言う。

「おおそうか」

と小夜子が手を打った。

「よしよし、そんなら二人で潜ろう。なあ、ミツルさ」

「おう、よかろう。運が良ければ伊号の影でも見ることができる。運がないときは、まあ、着替えがないから濡れて家に帰るだけじゃ」

やれやれ、と立神爺が溜息を吐いた。

「八十もとうに過ぎた婆が二人、目当てもなしに潜るというか。わしゃもう知らん」

「ああ。聖也とお義母さんが聞いたら何て言うかしら」

と美歌が言うた。

「黙っとればよか！　あっという間に戻って来るわい」

あたしは美歌を叱りつける。

素潜りというものは、ネズミが素早く餌を引いて行くようなもんじゃ。チョロッと姿が見えたとみるや、たちまち搔き消えてしまう。その間に神棚の小餅が一つ消えておる。

海女もネズミのように速い。息ば止めておる間の潜りじゃから、サッと降りて、アワビ一つ二つ、アワビオコシで獲り、サッと戻る。ひと潜り二分、年季の入った海女でも三分くらいが限度じゃ。その素早い勢いで伊号の片鱗を探してくる。

あたしと小夜子は操舵室の裏手に行って服を脱いだ。

婆二人が木綿の袖なしの肌着一枚になった。浜で裸になるのは慣れとるが、場所が異なると皺の波打つ自分の体がいとも哀れに見える。

「おう、美女が二人できたかい」

立神爺が磯メガネを二つ持ってきてくれた。そして潜りになくてはならぬ鉄のフンドウと息綱も出してきた。爺の女房も海女じゃったから、そんとき使っていたもんじゃろう。

あたしと小夜子は鉄のフンドウを提げて飛び込んだ。

降りるときはフンドウの重みで海中に突っ込み、揚がるときは息綱を引いて船に知らせて綱を引いて貰う。沈むも浮くも、海の中は手間取る。

見上げる波間は青い光の天井じゃ。その水の膜ば突き破り、フンドウの重みを頼んで矢のように降りて行く。五メートル、十メートル。あたりは浅葱から青へ、もっと降りて行くと群青に染まる。

ここらでフンドウを手放すと、上で待ち構える立神爺が紐をたぐり寄せてフンドウを回収する。軽うなった体であたしらはまわりを探る。小夜子が右へ左へ泳ぎまわる。あたしはわが足の下のもっと彼方の暗い淵を見おろした。伊号の巨大な胴体はどこにも見えぬ。

息が切のうなってくる。もう船へ戻らねばならん。小夜子が片手をあげて合図した。あたしらはもんどり打つごとく、青天井めがけて昇って行った。船の上では爺が息綱を一心に引き上げておる。

上へ。上へ。

揚がるときはお天道の輝く眩（まばゆ）い波の上を心に念じる。そうすれば無事に揚がっていける。

甲板に引き上げられると、あたしだちはしばらく休憩した。その間に立神爺は次に潜る場所を探す。

どこを見ても目印のない海原じゃ。

爺は潮目に気をつけながら船を移動する。太い潮目は黒い帯のように見える。そのあたりは波が異なる。

二度目に潜った場所は海が澄んでいた。

ずっしりと重いフンドウを提げて飛び込むと、鉄の玉は人を海の底へ引き込む生きもののように落ちていく。澄んだ水の中は下の方まで見えた。潜り慣れたアワビのシマとは様相が違う。

あたしは空飛ぶ鳥のようじゃった。

どんなもんじゃ。婆の鳥じゃ。

昔、本土に行ったとき、長崎のデパートで屋上に上がってこんな高みから眺めたことがある。あそこより、ここはもっと高い。あたしは鳥のように飛んでいた。

向こうに親指ほどの小さい鳥がいる。

いや、鳥ではない。緋色をした小魚の群れじゃ。

それが紙吹雪のようにキラキラキラキラと光りながらやってくる。雲のように広がってわらわらと散らばるかと見れば、サッと赤い玉のように固まって、たちまち砕けると礫のように走り回る。

小さい顔に小さい目玉がついて、一心に泳いでおる。たちまち小魚の吹雪の中に取り込まれた。

「おまえだち」

とあたしは小魚の点のような目を見て言うた。

「おまえだちゃ潜水艦の伊号を知らんか?」

小さい目玉は胡麻粒のようで、これで水の世界が見えるんじゃろうか。

「ごっつい鉄の艦を見なんだか?」

戦艦一隻、潜水艦一隻を爆沈させるのに、水雷というものを何発くらい撃ち込んだら沈むんじゃろう? 一発、二発じゃ無理じゃろう。二十数隻の艦というたら、昭和二十一年四月朔日、この海にいったいどのくらいの音が轟き渡ったことじゃろう。天も海も破れまいか?

魚だちよ。

あのとき、ここは飛び散る鉄片と泥が渦巻いたろう。鉄の艦はもとから無人で血は流れぬが、魚だち、おめえだちこそさぞ地獄じゃったろう。

おめえらの親や爺から聞いたことはないか。水の底に突き刺さった潜水艦伊号は、日暮れの灯台のように海の底に立っておる。その灯はもう消えておるが、その場を知らぬか。

緋色の小魚は水の中の血のようじゃった。

魚だちはサッと旋風（つむじ）のように右へ行き、鰭（ひれ）を返して左に戻る。それからまた吹雪となってわらわらと舞い広がり、ふと左右に分かれたかとみれば、右からと左からとがヒラヒラとすれ違う。水の中のカスリ模様じゃ。魚だちの目ん玉があたしを見る。

しらぬ。しらぬ。

きょうのように、きのうがあった。

なにもかわることはない。

魚だちは呪文の言葉を唱えた。

あたしと小夜子は少しずつ場所を移して潜った。

立神爺は船上で潜りやすい場所を探してくれる。大陸棚は深海に比べて流れが速い。そのぶん養分の多い漁場で、魚は湧くようにこの海を目指して泳ぎ来る。

しかし立神爺の眼に見えぬ激しい海中の流れもある。ザンブと飛び込んだとき、波の青天井の下はゴボゴボと音立てて泡が立っていた。泡の流れが眼の前を走っていく。流れの下に潜ろうとしたが、水の帯が太すぎる。海中にも川がある。流れの速い川も緩い川も、大きな池のように水の囲いを設けたところもある。滝も流れている。どれも眼には見えぬ。水が形をつくったものは姿を持たぬ。

あたしと小夜子は姿のない流れを突っ切って行く。

途中で耳が詰まって、あたしは唾を飲んだ。すると泡の音が遠くなり、急に体が軽く動くようになった。

だいぶ深く潜った、とあたしは思うた。

流れを突っ切ると向こうは光が翳っていた。

水が重く淀んで夕暮れのように暗うなっている。それでも下の方は幾分ぼんやりと見えた。彼方の深みは野末のように荒涼として何もない。

昼の国と夜の国をば行き来する心地じゃ。

あたしだちは夜の鳥みたいに宙空に浮いていた。

小夜子が上を指差した。流れに囚われて時間が失うなっている。揚がろうと合図しておる。

そのとき、下の方に黒い影のようなものが聳えているのが見えた。大きな黒い壁のようじゃった。眼を凝らして下を覗き込むと、壁は高い塔のように暗い底の方へ続いている。いったいどのくらい深いのか想像もつかぬ。

あたしは夢のように塔を真下に見おろした。

塔の天辺は途中で折れたものらしく、中に暗い穴が覗いておる。この巨大な塔が伊号潜水艦の胴体なら納得がいく。

この齢まで生きて、こんな大きな屍のようなものを見たことがない。鯨のようじゃ。ここまで図体が大きいと生きものと変わらぬ。これが伊号なら仲間の艦艇だちとここまで曳かれてきて、こいつはこの海に楔のように打ち込まれた。

潜水艦の磔じゃ。

揚がろう、と小夜子が手を引いた。

あたしはゾクッとした。

磯メガネの中の小夜子の顔が死人のようじゃった。


ザブリと波間に顔を出すと喘いだ。

波の上のこの世は、眩しすぎてくらくらする。ようやく引き揚げられて、あたしだちは甲板に横になって休んだ。

「何ばしとったか！」

と立神爺が怒鳴りつけた。美歌の顔も強張っている。

「見つけたぞ」

とあたしは言うた。

「何ば見つけたか」

爺が聞き返し、

「水の底に聳えとる艦らしい影を見た」

「そりゃ確かか」

立神爺が跳び上がらんばかりに聞き返した。すると小夜子はきょとんとした顔付きで、あたしが信じられぬような返事をした。

「いや、わしは何も見んかったぞ。海の中にはそれらしか影は何もなかった」

「何も見んかったと？」

爺が小夜子とあたしを交互に眺める。陽が眩しくて小夜子は額に手をかざしていた。髪の毛から首の皺にぽたぽたと水の雫が垂れている。

「見るというても、下は真っ暗闇じゃったからな」

と小夜子は爺にとも、あたしにともつかぬ、ぼうっとした顔で言う。

「昔は航海の途中で死んだ者を水葬にしたというじゃねえか。海のど真ん中でそういうことになったら仕方ないけども、わしはやっぱりあんな暗い海の底に葬られとうはないな。やっぱりこんな明るい陽の目ば見て死にたい」

「暗いけども、見えたぞ」

「いや、何も」

と小夜子は首を振った。そしてあたしの顔をじっと見た。

「そんならあたしの見たもんは何じゃったやろ？」

「ミツルさ。大丈夫か……」

小夜子が低い声で問うた。

六　水ば抜いたら、太平洋の底は見渡すかぎり皺ばかり。

舟木岬の沖から帰った後、あたしは伊号潜水艦のことをぼんやり考えるようになった。

ある夕方は倅（せがれ）の以蔵が農園から採ってきた青いえんどう豆のさやを外しながら、これは潜水艦に似ていると思うた。

えんどう豆の分厚いさやを指で裂くと、三粒か四粒、ぷっくり太った実が入っている。豆の爪が黒うなったら熟れて美味しゅうなった頃合いじゃ。豆の兵隊だちは窮屈なさやの中に、行儀良く規律正しくきっちりと並んでおる。

整列。一列縦隊。

あたしは口の中でそっと号令ばかけてみる。

一番上の兄はアッツ島の海で亡（の）うなった。

家の仕事をよく手伝う兄じゃった。それでいつも裸足(はだし)で、足の指の爪が黒かった。あたしは父が話してくれたことを思い出す。兄は二十何歳じゃったろうか。えんどう豆が足の指に変わる。

兄は青いさやの船に乗って出征した。

「あかがね丸」という船でアッツ島への輸送の任に当たる途中、敵艦の砲撃を受けて沈没じゃったと。砲兵隊と船員合わせて百余名が全員戦死。一人も生きて残らぬ。昭和十八年二月。身も凍る冬の海の藻屑となった。

ひと粒、ふた粒、み粒……と数える。

しだいに青い豆のさやが死の船になる。

総員退艦!

総員退避!

むちゃば言うな。

雪と氷のベーリング海のどこへ逃げる。

台所の板張りに座り込んで、あたしと美歌は向かい合わせに豆を剝く。えんどう豆を揚げたので、今夜のビールの美味いつまみになるじゃろう。

えんどう豆はさやの船にしがみついておる。

船が破れたら豆の兵隊はぽろぽろ落ちて行かねばならぬ。あたしは舟木岬の沖の海を眼に浮かべた。

「美歌は窒素酔いというのを知っとるか」

「体験したことはないけど。三十メートル以上潜っていくと起こりやすくなるんですって」

あのときはそこまで深う潜った覚えはなかった。だいいちこの齢で若いときのようには潜れるはずがない。

「でも窒素酔いって、海女みたいに潜水時間が短いと起こらないものだって」

と美歌。

「スキューバを付けて少し深く潜ってると、やられやすい」

「三十メートルくらいでもか？」

「そう。そのくらいの深さから始まるみたい」

「そのくらいでなるんじゃったら、わざわざそんなものを付けんでも、海女の素潜りでよかろうたい」

役立たずの器械じゃ。

「でもおばあちゃん。素潜りは水の中に二、三分しかいられないでしょ。普通の人間なら息止めて一分も保たないわ。それじゃあ潜ったことにはならないし」

あたしは笑うた。一分か。あたしは昔は三分は潜れたわい。しかしそれだってネズミの餌取りに過ぎん。

ふと自分のアワビ獲りの姿を思うてみる。長い海の暮らしじゃった。何十年もの間、あたしは浅海をネズミのように、アワビオコシ握ってチョロチョロと、水の中と水の上を往復ばした。そうして本当は海の中をろくに見なかった。アワビしか眼に入らんかった。海に入って海を見てなかった。

「窒素酔いって、そばで見てるとすぐわかるって」

「わかる?」

「突然スキューバを外したりするんだって。何だか歌うような格好したり、ふらふらと踊り出したり」

酒に酔うのと似ておるという。症状が重いと死ぬことになる。それでも楽しい気持じゃったら、死の怖れを知らず、満更悪いことでもないかもしれぬ。いやいや、死んでしまうのじゃから怖ろしいことじゃ。しかし世の中には不思議な死に方もあるもんじゃ。

その夜、夕方、美歌が揚げたえんどう豆をアテに、みんなでビールを飲んだ。美歌はビールは飲まずに聖也のコップに注いでやりながら、

「ねえ、窒素酔いってほんとに見たことがある?」

と聞いた。

「見たことはないけど、グレートバリアリーフに潜るダイバーの話を、本で読んだことがある」

と聖也はちょっと真顔になってうなずいた。

「あそこの海は世界最大の珊瑚礁で、ダイバーの憧れの場所なんじゃ。そこを海底探査をしているとき仲間の一人が急に両手をバーッと上げて、歌を歌うような格好をしたんやと」

あたしだちは黙って聖也の顔を見ていた。

「むろん水の中でその男の歌声は流れないんじゃけど、朗々と歌い続けているような様子でな、どんどん海の奥へ奥へと歩いて行った」

「奥って?」

「海の底が坂になっていたんじゃ。ライトの灯が届かん奥の方は真っ暗で、そっちへどんどん降りて行きよる。仲間の誰かが男を引き止めようとしたとき、ダイビングマスターが腕を摑んで止めた」

「どうして?」

「止めても揉み合いになるだけで、窒素酔いの人間を引き戻すことはできん。深海では行こうとする人間は行かせるしかない。止めても止まらん。そのうち時間を食うて全員が危なくなる」

可哀想……、と美歌がつぶやいた。

「その男は歌いながら真っ暗な底の方に消えて行ったんじゃと」

聖也は苦そうな顔でビールのコップをあけた。

八月に入って、月初めの海女（あま）の寄り合いに行くと、鵤（いかるが）シホイと鴎井（おうい）千夏（ちなつ）が待っていたとばかりにあたしの方に寄ってきた。

「あんたらは舟木岬（ふなきみさき）の沖で飛び込んだじゃと？」

立神（たてがみ）の爺が誰かにしゃべったんじゃろうか。小夜子が吃驚して、自分は言うておらんぞ、という顔をする。

「今まで浜の人間であそこに潜った者はおらん。思い切ったことばするもんじゃ。まさか、ちょいとでも潜ったら船の影でも見えると思うたんか」

とシホイが呆れたように言うた。

「あそこの沖は深い所じゃ、と聞いとるぞ。海女なんぞがちょっとやそっと潜っても、何も見えるもんではなかろう。水の中はただ真っ暗闇じゃ」

そんなことと言われなくともわかっとる。

「そんな深い所までは潜っとらん。わしらだって分別は持っとるで無茶はせんぞ」

と小夜子が先輩海女を宥める。

ただ、シホイだちに言うても仕方ないが、人間は無理と知りつつ崖っぷちを跳び越えてしまうことがある。フラフラッと引きずられるように跳んでしまう。

シホイや千夏も、あたしらと同じようにあの海に真向こうていたら、船の上から波間を見ておったなら、やっぱり居ても堪らぬ気分になってザブーンと飛び込んだかもしれん。猫がネズミば見たら、跳びかかる。あたしらは海女じゃからな。水を見たら飛び込む。

あのときの気分は、今になると自分でもわからん。飛び込むか。いや、いや、やめろ。そこを越えるか。いかんいかん。暗い波が泡立つような、おかしな夢の中にいた気分じゃった。

あたしはあのとき、ほんとに夢を見ていたんじゃあるまいか。いったいどのくらい下へ潜ったかもようわからん。ただ水の中は昼と夜の二つの境を渡るようで、見おろせば黒い影のような塔がな、建物のようなものがな、下の方から突き抜けるように聳えていた。水の底の方は暗うて、深さの見当がおぼつかぬ。

小夜子が思い出すようにシホイに言うた。

「そのときミツルさは、水の中で何か影のようなものば見たと言うんじゃ。しかし、わしの眼にはついぞ何も映らなかったがのう」

へえー、とシホイと千夏が顔を見合わせた。ほれ、言わぬことじゃねえ。危ない、危ない、とその眼が言うている。

「どんな影じゃったかい」

千夏が身を乗り出す。あたしは口を引き結んだままで、代わりに小夜子がしゃべった。

「あの海には水雷で半分に折れた潜水艦なんぞが、海底に突き刺さっておるらしい。もしかしたらその舳先かもしれん。しかし舳先が見える辺りはもっと深い所のはず」

みんな異論なく、うなずいた。

「それに、一緒に潜ってそばにいたわしの眼には、そんな高い影みたいなものは見えんじゃった。ミツルさには気の毒じゃが、眼の錯覚としか言いようがねえ」

こりゃどうしたものか。見たと、見んかったと、話が分かれた。小夜子は腑に落ちぬ顔をしている。それでも、あたしは見たと言い切るしかない。

「まあな、……酸素ボンベでも背負うて潜ったら見えるじゃろうが」

と千夏も仕方なさそうに口を濁す。

「酸素ボンベでも無理じゃ」

とシホイが首を横に振った。普通のボンベじゃ四十メートルがギリギリではねえか？　それで新聞テレビに出た写真も、探知機で撮った影絵みたいじゃったからな。

多勢に無勢というもので、あたしは黙ってお茶を飲んだ。

小夜子が気の毒そうに、

「どうもわしの感じでは、せいぜい二十メートルも潜ったくらいかのう……。それでも辺りはぼんやりとした月明かりほどじゃ。そして底の方はただもう手探りの真の闇が詰まっておった」

「霊(たま)出せ、霊出せ」

「霊出せ、霊出せ、霊出せ」

シホイと千夏が身震いして魔除けの呪文ば唱え始めた。

「ちょっと待ってくれ」

とあたしは止めた。

「あの沖に沈められたのは、アメリカ海軍が接収したカラの船じゃど。戦うて沈没したわけではねえから、死人は一人も乗っておらん。人間の霊魂なんぞは取り憑いてはおらんぞ」

すると千夏が重い口ぶりで言うた。

「人の魂はなくとも潜水艦の魂はあるじゃろう。終戦でアメリカに取られるまで、伊号などは南方の海で死線を戦うてきたじゃろう。歴戦の艦じゃと新聞に出ておった。あの潜水艦だちに魂がないと言うなら、魂なんぞ薄っぺらなもんじゃねえか」

「そしたら千夏さは、海中でミツルさが見た影は伊ノ四七の魂と思うんか？」

小夜子が当惑した顔で尋ねる。

それから三人で呪文を唱えた。

「霊出せ、霊出せ」

「霊出せ、霊出せ」

あたしは腑に落ちぬ気分でそれを聞いていた。

やがてあたしはいつものように、書きかけの海の地図を広げた。小夜子が墨を摺ってくれる。毎月めいめいで持ち寄った新しい情報を加えるので、あたしだちの海の地図は書き込みがぐんと増えていく。あたしは舟木岬の沖に、墨を含ませた筆を据えた。

「せっかく小夜子さと二人であそこの海に潜ったんじゃから、沈んだ船団を書き込んでおこう」

「確か二十四隻じゃったかのう。その中に海底に突き刺さった伊号の二隻の図も入れてくれ」

小夜子が注文を出した。

「よしよし。あたしは見たからな」

みんなの見守る中で、あたしの筆がチョン、チョン、チョンと黒い点を下ろしていく。

「何じゃ、それは」

「二十四隻じゃろう？」

沈んだ艦の数を書き込んでおる。その中の二隻が海底にピンのように突き刺さった伊ノ四七と五八で、あたしは爪楊枝を突き立てたような小さい図をチョン、チョンと描いた。

「旧海軍船艇24隻沈没」

と小文字の注釈も添える。何や、蚤みたいな点じゃな、とあたしは思うた。暗い月夜みたいな水の中が眼に浮かぶ。あたしの眼に映り、小夜子の眼には映らなかった高い影が聳えていた。けれども地図に書けばたったそれだけじゃった。

八月の二十三夜待ちがきた。

この日、漁師の家では夜更けに浜辺へ出て、海難除けのお祈りをする。主夫婦が手に手に鍋や釜を持って海岸に出て行くんじゃ。海の水を鍋に入れて家に持ち帰り、海の仕事の無事を懇ろに祈る。その水を汲んで呪文ば掛けてやるのは、あたしら倍暦海女の役目じゃ。

朝早く弁当を作り、勤子と美歌とあたしは竹箒やスコップ、ゴミ袋など車に積んで浜へ向かった。

二十三夜の月は遅く、夜半の刻に出る。人も鳥も魚も寝静まった真夜中の十二時過ぎ、ようやく黄色い芋饅頭を半分食い残したような月が昇ってくる。月待ち、と昔から言うた。それまで夜空は主のなき、ただの真っ暗な天の洞じゃ。

その月が朝方早く中天に昇ったところで、浜では海難除けのお祈りが一斉に始まる。月の出の遅い浜は暗うて足元が悪いので、島民はその日は朝から海岸の掃除に精を出さねばならん。

うちの家では、太蔵は先夜からの仕掛け漁で昼に帰って寝て、孫の聖也は役場に出勤した。それで浜の清掃部隊の戦力は、嫁の勤子と、婆のあたしと、妊娠八カ月の腹ぼての美歌の三人じゃった。

その応援に次男の以蔵夫婦が加わる。以蔵の雁来農園で使う海藻肥料は夏場に不足するため、夫婦はこのときとばかり軽トラを駆ってやって来た。

先月は台風が二つこの島を襲うたが、幸い港の漁船や農家の野菜ハウスの被害は少なかった。それでも荒れ狂う海底の藻林から千切れ飛んだカジメやワカメが、溺死人のザンバラ髪のように浜に打ち上がる。これが二十三夜待ちに出る人間の足に絡み付いた。暗闇ではどろどろの妖怪に見ゆる。

美歌は竹箒で砂地を引っ掻いた。掻いても掻いても死人(しびと)のザンバラ髪は足元にのたうって、腹を突き出した美歌は息をつきながら掻き集めている。あたしだちはその茶褐色の長いのをゾロゾロと引いて行き、浜の片隅に広げて海水を切った。やがて陽がさんさん照りつけて水気が抜けていくと、以蔵が軽トラの荷台に次々と投げ込んで農園へと運ぶ。

昼前に立神爺(じい)が手伝いに現れた。水上タクシーの顧客の間をまわって手伝いをすると言う。美歌が裸足でカジメを引いて来る姿に、爺が笑いながら声を掛けた。

「あんた腹は大丈夫か。産気づいたら言うてくれ。わしのタクシーで本島の病院まで運んでやる」

美歌はからかわれたので返事ばせぬ。

「何の、この子は妊婦体操とやらで、毎日、風呂の薪割りをするんです。このくらいで産気づくもんじゃありません」

と勤子が代わりに言うてやる。

「あ。藻の中に小魚の死骸が入ってるわ」

と美歌がカジメの中から銀色に光るものをつまみ上げた。

海中の藻場は稚魚の格好の巣じゃ。台風で千切れた葉に絡まって打ち上げられたんじゃろう。暴風で海底が猛烈に掻き混ぜられると、水の中の空気が入れ替わり、千切れた枝葉なども吹き飛んで日光が深く射し込む。そうやって台風がくると海藻が活き活きと育つ。

悪いことも起きれば、良いことも起きる。両方を見ずに近場ばっかり眺めていても、この世の仔細は見えにくい。


昼になってテントに入ると弁当を広げた。

腰を下ろすと真正面に海があり、人間の美しか肌の色をした砂浜が広がっている。めったに見たことのない、掃き清めた遠浅の海岸じゃ。

その端のほうからジャブジャブと波の舌がめくれ上がっていく。ザァーとたっぷり砂地まで滑り込んで、またグウーンと押し戻されていく。

立神爺と以蔵は隣り合って座った。爺は勤子の卵焼きと、以蔵の嫁の登美子のタコフライを貰うて食べている。小夜子が弁当を提げてこっちへやって来た。病気がちの小夜子の亭主は家で留守番ばしとる。小夜子はみんなの前に香りの良いジャコの山椒煮の容れ物を出した。

「美歌ちゃんよい」

と立神がジャコ山椒をつまみながら首を向けた。

「あんた、本土の育ちじゃろう。何でこんな島に嫁にきた」

「子どもの頃から海にはまったんですよ。遠洋漁業に出ていた叔父がいて、鯨の歌声を録音してくれたりして」

「鯨の歌声？」

勤子が聞き返した。

「お義母さん、知らない？　鯨っていろんな声を出し合ってしゃべるんですよ。それが長いときは三十分くらいずっと船室まで聞こえてくるんだって」

へえー、とあたしだちは口を開けた。

「それを聞いたの？　どんなふうに歌っとるの」

「波の音に混じって聞こえるんだけど、ラーラーララー、みたいな、ポワポワーみたいな、長々ともういろんな声というか、音というか出すんです」

「おお、わしも鯨捕りの遠洋で聞いたわい。あの声ば聞くと可愛くてな、鯨はよう捕れんごとなる。情が移ってしまうからな」

立神爺は思い出すような眼をする。

「それで水産学校ば行く気になったんかい」

「中学の図書室で変な図鑑を見たんですよ。世界地図なんだけど、ちょっと違うの。太平洋が広がってるのに、そこに水がないの。山やら谷みたいなものが描き込んである」

「ふむ、水がない海の地図じゃな」

爺がうなずいた。

「それは海底の地形図というもんじゃ」

「ええ。海のところは砂漠みたいな黄土色に塗られて、その水が抜けた太平洋の底に、山脈やら川みたいな深い溝やら、盆地みたいな窪みやら、いろいろあるんです」

あたしはその奇妙な絵を瞼に描いた。

「そんな水のない海の地図が役に立つの？」

と勤子。

「海底の地形って大事なの。地震、津波とかに影響するし、漁場にも関係があるんですよ」

「この辺りの海のもあるかしら」

「大陸棚がずうっと延びてます。浅い海の色してる」

若い女ん子(おなご)は何でも楽しそうにしゃべる。珍しか生きものば見るように、年寄りは美歌の話を聞いておった。

「だから海に関係ある学校なら、どこでもよかった！」

ははは、とあたしだちは笑うた。

それから弁当を食べ終わると、みんなでまた腰を上げ仕事にかかった。

日除け帽子をかぶって、竹箒を握ると波打ち際伝いに歩いて行く。昼からは足を延ばして清掃範囲を広げる。

海はとめどもなく流れ藻を吐き出し続けておる。一ヵ所に掃き集めて流れ藻の小山を築くと、また少し移動して掃き集める。濡れた海藻のザンバラ髪を取り去ると、砂浜は真っさらの肌色を敷き延べていた。

何やうつ伏せになった人間の背中を行くようじゃ。途中で流れ藻のザンバラ髪を片寄せる。

「おばあちゃん。あそこ女の人の胸みたい」

美歌が指差した。あたしだちはその何ちゅうか、その偉大な人形（ひとがた）の胸乳（むなち）をゆっくり登って行ったんじゃ。胸を降りると、次はこれまた大きな尻の砂丘が現れる。尻のあちこちにベッタリ貼り付いた海藻を掃く。陽ざしも強うなって、くたびれた。

昼も三時を過ぎた頃、みなでビニール袋を敷いて座ってひと息入れた。

小夜子が海を指差した。

「あそこの水ば全部抜いてしもうたら、ここみたいな砂丘になるじゃろか？」

「ええ、きっとなります。あたし、見てみたい」

美歌は真顔で言うた。

「海の底にも広い原っぱがあるんですよ。もっと南の小笠原列島の近くには、春の七草海山っていうのがある」

「春の七草？」

「ええ、それがもう死んじゃった昔の海底火山の名前なの。素敵でしょう。海の底の山って、陸上の山と較べてネーミングがなかなか凝ってるんですよ。波の上では全然見えないのにね、おかしいでしょう！」

クックッと美歌が笑う。

「その山は波の上には出てこねえのか？」

ふと小夜子が妙なことを尋ねる。

「出てきたら島になりますよ」

「あっそうか！」

小夜子が口を開ける。

みんなでドッと笑うた。笑いながらあたしはなるほどと思う。波の下では海山と言うて、波の上では島と呼ぶ。水の上と下で名前が変わる。天皇海山が波間に姿を現したら天皇島になる。やはり海山のまま深海に眠ってござる方がよかろう。

「春の七草海山は、ほとけのざ海山、はこべ海山、すずな海山、それから、ごぎょう、すずしろ……」

と美歌が指を折って数える。小夜子が横から、

「そして、なずな、せりじゃな」

「そうそう。それで七つの海山や」

「そこは小笠原列島から東へ七百キロの、太平洋の海底なんです」

へえ、とあたしだちは眼を丸うした。

「近くにはもう一つ、秋の七草海山というのもあります。こっちはふじばかま海山、すすき海山、なでしこ海山なんて、やっぱり七つの海山が聳えてるんです」

「何でまた海の底に、そんな陸の草花の名前を付けるんじゃろうか」

勤子が溜息をついた。

「海底の地名って意外に面白い名前があるんですよ。命名はむろん調査した海洋学者が付けるんだけど、人に知られない地味な研究の、最後の楽しみって感じします。カムチャッカ沖の天皇海山列なんて、もうネーミングの傑作で有名ですから」

と美歌は楽しそうに言う。

「何でまたカムチャッカ沖に日本の天皇の名前じゃろう?」

立神爺も首を捻る。

「ハワイ沖とかミッドウェーとか、そんな海なら日本の天皇の海山が並んでおってもおかしゅうはないが……」

「ひと目に付かない海の底だから、かえって面白い名前を選ぶのかもしれないですね。陸上だったら思いもつかないけど、海底なんて誰にも知られず、ほんとに自由ですよね」

美歌はふふふ、と楽しそうにあたしだちを見た。

「名前付けは楽しかろうな」

「でも国際的に承認して貰うために、学会には届けないといけないんですよ」

海風が出て座っているビニール袋の端をパタパタと煽る。海の方を見ておると目玉がくらくらするようじゃ。

秋の七草海山群は、おみなえし、ふじばかま、すすき、ききょう、はぎ、なでしこ、くずはな、と美歌は手の指を折る。

「それであたし、夜眠るとき神様にお願いしてたんです。どうか夢の中で春の七草海山に行かせてくださいって」

と美歌は打ち明けた。ほんにおかしな子じゃ。

「そしたらあの頃はほんとに、はこべやごぎょうやすずなが生えてる海の底を歩いてる夢を見たのに、水産大学校に入ったらもうそんな夢は見なくなってしまったの」

あたしだちはもう黙ってこの子の話を聞いていた。

「学校の夏の研修で練習船に乗って小笠原海溝に行ったら、その辺りは水深六千メートルもあって、春の七草海山は四、五千メートル級の高山だったの。それを知ったらもう青い丘も野原も消えちゃったんです」

そうか、海の底の底じゃからな。なるほど、それから聖也と結婚して島へ来て、それから海に潜るようになったか。初めの志からすると途中で先細りしたような気がせんでもない。

「四、五千メートルいうたら、モンブランかマッターホルン級やな。アイガーはもうちょい低いか……」

と、それまで黙って聞いていた以蔵が口を開いた。この子は学生時代は山好きじゃった。しかし高い山もやっぱり耳の調子が悪うなって登れなんだ。

「その高さならカムチャッカの天皇海山列と並びそうじゃな」

遠洋でキンメ漁に行った立神爺が言う。高級魚のキンメはその辺りが一大漁場になっとる。

「海山の名前に騙されてはならんのう。深海の山はいずれにせよ凄いもんじゃ」

爺の声を聞きながらあたしは海を見た。先の戦争で逝ってしもうて還らぬ者だちの顔が浮かんでくる。波の白い舌がさっきから、いっときも休むことなくジャブジャブと泡立ち巻き返しておる。ここから沖へ真っ直ぐ出て行くなら、あたしの兄だちの最期の海へ辿り着く。アッツ島も、サイパン島も、レイテ島も、海を行けばひと跨ぎ、ふた跨ぎじゃ。

「しかし何でまた天皇海山なんぞと、とんでもねえ名前を付けたもんじゃろ」

立神爺はまだ首を捻っている。話はまた天皇海山に戻った。

「戦争が終わってたった九年ですもんね。そんなとき原爆を落としたアメリカの学者が、自分の発表した海山に日本の天皇の名前付けたなんて、謎ですよねえ」

と美歌もうなずいた。天皇海山列は最初にディーツが命名した古代の九人だけでなく、後にいろんな学者が調査に入って、今じゃ三十もの海山が居並んでいるという。

「キンメの有名な漁場の光孝海山などはいいとして、明治海山とか昭和海山なんてのもあるんですよ」

するとと立神爺が顎を撫でながら、

「それでも古代の天皇の方が歌に合うて風情があるのう」

と言えば、勤子がデザートの芋饅頭を分けつつ、

「秋の田の　かりほの庵（いお）の　苫をあらみ　わが衣手は　露にぬれつつ……。天智天皇御製です」

と節を付けて披露した。みんなげらげらと笑うた。

「この子は本土の女学校で歌留多クラブじゃったぞ」

あたしがみんなに言うてやる。

砂浜の上には秋の雲が浮いていた。

雲を見ると儚（はかな）い心地がする。そこへ吸われていくような気持になる。


午後の清掃がだいぶ進んだ頃、役場に行っていたはずの聖也が浜に現れた。雁来の家は年寄りと妊婦しか掃除の手がおらぬので、心配になって役場ば早退けして帰って来たと言う。殊勝なことを言うて珍しかことじゃ。

聖也は午後から大働きをして、あっという間にそこら辺りの流れ藻をみな引いて来て浜に干し揚げた。それを引っ繰り返して乾かすと、以蔵の軽トラにどんどん放り込んだ。おかげで以蔵は

農園と浜を二往復する海藻肥料の大収穫となった。

その晩は天も地も海もみんな暗かった。

夜半、ものみな寝静まった下界に恵みを授けるように、二十三夜の半欠けの月が海の上に現れた。あたしは太蔵・勤子夫婦と車で浜へ出て行った。今夜の祈願は小夜子と二人でやる。シホイと千夏は休んで貰うことにした。海難除け祈願のやり方はみな家々から鍋釜を持ち寄って渚へ詣り、海水を汲み上げる。それを浜に並べて白装束の小夜子とあたしが拝む。鍋釜の影が黒々と砂地に染み込んでいる。

波の神サン、休ろうてくだされ。休ろうてくだされ。

子どもの頃はこの鍋釜のそばに小さい神サンの姿が見えたもんじゃ。今は見えぬ。倍暦貰うたら見えるようになるかと思うたら、やっぱり見えん。

みんなは腰を上げて潮水の入った鍋釜ばそろそろと家に持ち帰る。その水をわが家の表口と裏口に、ジャブジャブと撒いてこの夜の神事は終わりじゃ。

娘になった頃、なぜ海で水を汲むかと思うていたが、ある年、浜について行ったとき海水を張った鍋の中を見ると、黒い潮水の中に黄色い半月が浮かんでいた。

なるほど月の力を貰うて帰るわけじゃった。

七　赤子が降りてくる、くる。見たらならんど、海女舟のお産は波まかせ。

今年の夏は台風が少なかった。去年は盆までに四つも来たもんじゃ。台風が多かったり少なかったり、年ごとに夏秋は気を揉んで暮らしている。七月の台風は力が萎(な)えて掠めて行った。八月の最初の台風は案ずる暇もなく行ってしもうた。盆に直撃した台風も予想より弱かった。畳がフワーッ、フワーッと浮き沈みしただけで、港の船も無事じゃった。

これというのもこの島の西側は山が屛風のように並んでいる。南の海で育った台風は北北東へ向かって進んできて、この屛風の連なりに当たって力が萎える。昔々の遣唐使船が唐国(からくに)に行ったときも、ここで風待ちをしたもんじゃ。

しかし、盆過ぎに来た台風は大きかった。

本島の役場に行く連絡船も止まった。聖也は船をつなぎに港へ行く太蔵に付いて行ったが、間もなく親子で血相変えて素っ飛んで帰って来た。

西の海は真っ暗になっていた。見えない洞の中を吹き抜けるような風音が迫ってきた。天も海もすっぽりと大きな洞に嵌まったようじゃった。

太蔵と聖也は家の西側の窓に板を打ち付けると、這々(ほうほう)の体で家の中へ逃げ込んだ。それから居間のテレビの前に座り込んだ。どこの世界か暢気(のんき)な昼の旅の番組に、天気予報が割り込んで映る。石垣島も沖縄も奄美諸島も、波間に消えかけた木の葉のようじゃ。

家族みんなが居間に何となく顔を揃えて集まると、妙に静かになった。台風予報のテレビはビリビリビリと景色が破れ、やがてガーガーと音が鳴り響き映らぬようになった。太蔵はテレビを消して「お茶ばくれ」と言うと、畳に大の字になって引っ繰り返った。

「やれやれ。お茶ば飲んで寝るか」

「屋根が飛んだら起こしてあげる」

と勤子が言うて、台所にお湯ば沸かしに行く。

「美歌。おれはコーヒーがよか」

と聖也も父親の真似ばして、畳にごろりと仰向けになる。

「いやよ。聖也が淹(い)れてきなさい」

近頃の嫁は凄いもんじゃと、あたしも太蔵も笑いを噛み締めておる。

「今、生まれても船もヘリも来ないのよ」

「へっ。コーヒーば淹れたら早産するんか」

「嵐とかね、台風のときは産院が混むんだって」

聖也はちょっとしんとなった。勤子がお茶の支度をして戻ってくる。めいめいの湯飲みにお茶を注ぎながら勤子が言う。

「美歌ちゃん、山口の実家に帰ったんはいつじゃったか。台風が去(い)んだらちょっとお母さんに電話して、どっちで産むか話し合うてみらんかね」

「前に帰ったのは六カ月のときです。そのときは島で産むって言って来ました」

実家に帰って産むなら早めに帰らねばならん。帰っても美歌の母親は喫茶店ばやっていて、一日中家にはおらん。

「ひとけのない家に帰って退屈するより、島にいて浜で海藻拾いや小エビ獲りをして遊んだ方が楽しいわ」

勤子は少し黙る。腹の太い嫁を預かって役目が増えた。聖也はそっと喜んでいる。あたしと勤子は顔を見合わせた。台風は九月も十月もこの島に何度かやって来る。美歌が帰らぬとなると、元根本島の病院に入院の支度ばしていつ頃行くかじゃ。

「そりゃ、美歌の腹が痛くなったら行けばいい」

と聖也はお茶を飲みながら当たり前のことば言う。

「そのとき台風が来ておったらどうする?」

台風だけではない。天候異変は海につきもの。「本島の病院に少しばかり早う予約を入れねばならん。美歌の話じゃ、島に一つの産科はいつも満杯らしい」

「だって結婚して本土に嫁に行った子でも、産むときはわざわざ帰って来るらしいの」

子を産むおなごの気持は様々で、あたしにはようわからん。

しばらく黙って五人でお茶を飲む。美歌が思い出したように台所へ行って、煎餅を皿に入れて持って来た。

美歌は良い子じゃと思う。こうあっても、わざわざ面倒な島の出産という方を決めてくれた。あと二カ月もするとこの家に赤ん坊の泣き声が響くんじゃろうか。あたしも勤子も聖也も太蔵も、美歌もパリパリと音を立てて食うた。

そのとき天井がドドドドーと鳴って家の柱が揺れた。

屋根の上を暴風が渡って行く音じゃ。大きなトラックが屋根の上を踏み越えて行くような家鳴りがする。座っていた尻の下で畳がふわっと浮いた気がした。確かに尻の下が持ち上がった。

よろよろとあたしの体は傾いた。畳にぺたりと座り込んだ。

美歌はこの島の台風にまだ慣れておらん。そろそろとあたしのそばへ来た。

「おばあちゃん。この家、大丈夫?」

「今まで保ったから、保つに決まっとるさ」

と聖也は島の台風を知っている。

ただ聖也がまだ知らず経験したことがないのは、自分の嫁の妊娠と出産じゃ。聖也はそれに怯えとる。本土の町なら医者に任せるだけでよかが、島の出産はそうはいかん。連絡船の運行が止まったらどうするか。

「美歌が産気づいたら、ばあちゃんが出してやる」

えっ、と若い夫婦はあたしの顔を穴があくほど見る。

「昔の海女はいつでも潜ったぞ。冬の海でも、戦争のときでも、十月十日の妊娠中でも、産み月が来ても構うことはない。あたしら、仕事はどんなときもした。それで産み月の腹で潜るとな、水圧に締め付けられて陣痛が始まることもあったわい」

えーっ、と美歌が絶句する。勤子が向こうで笑うている。太蔵は溜息ばついている。

「そんなときはどうするの？」

「海女の体は頑丈じゃから、産気づいても怖れることはない。水から揚がってアワビ獲りの小船の上で産み落とした」

錘（おもり）のフンドウを使うて深場に潜る熟練の海女は、海女舟で磯から遠いシマまで漕いで行くんじゃ。磯伝いに近場のシマを潜る海女は経験がまだ浅く、嫁入り前の娘だちが多い。

「おばあちゃんも船で産んだの」

「いいや、あたしは取り上げ役じゃった」

「取り上げるって、赤ん坊のこと?」

「そうとも。昔は取り上げ婆というたもんじゃ。産婆は村に一人くらいしかおらん。それで間に合わんときは、村に何人かいるその婆の世話になる。年嵩の海女はたいてい取り上げ婆の仕事ができたもんじゃ。働き者の海女はいつも海にいたから、よく海で産んだ」

妊婦はうーん、うーんと唸っている。海の中では何人かの海女が一緒にアワビば獲っているから、産気づいた妊婦は、すぐ先輩海女の手を借りて船に揚がって出産の支度ばする。

「船の上のお産って、どのくらい時間がかかるの」

「陣痛が始まったばかりなら半日や一日はすぐかかるから、船を岸に返して家に帰らせてやるんじゃ。しかし船の上で海女が本気で腹が痛いと言い出したときは、いよいよ差し迫っておる。間もなく生まれる」

「ひゃあ。ばあちゃん、そんなときはどうするんじゃ!」

聖也が悲鳴を上げる。

そのとき屋根の上を渡る台風の音がした。それは風の音というよりも韋駄天様か仁王様か、何や、人の姿より大きな影が屋根を越えて飛んで行く足音のようじゃった。

「産湯に使うお湯はどこで沸かすんじゃ」

聖也は阿呆なことを聞いた。

「産湯なんぞ言うてる暇はない。ぼろ切れで拭くんじゃ。それより早う出してやらにゃいかん。

赤ん坊はもう裾の口まで降りてきておる」

いよいよ下に降りるまでの陣痛は長くかかる。腰骨を開かねばならんからじゃ。そこから赤ん坊は降りてくる。しかしそれから先は急がにゃならん。赤ん坊は出口でつっかえておる。産婦は何とかして出そうと苦しんでおる。

美歌と聖也は黙って互いの顔ば見合うている。誰のせいでもない。二人がこしらえた子どもじゃ。あたしがお産というものを初めて見たのは十七歳のときじゃ。嫁にくる前から海女ばしておったんで、そのときはもう海女舟に乗ってフンドウ海女ばしていた。姉さ海女のやることを見習うた。赤ん坊の取り上げも大事な勉強じゃった。

「船頭は波の下の海女だちの息綱の動きを見守っている。合図があればそれを全力で引き上げる。あたしは姉さと苦しむ妊婦を見ている。うーん、うーんと、痛みの波ば見守る。お産がいよいよ間近になってくると感じたならば、そのときは妊婦の裾の間を覗いてみる」

海女はもとから素裸の上にふんどし一本付けとるだけじゃ。かがめば裾はすぐ見える。

のっそりとテレビの前の太蔵が立ち上がった。勤子がその顔を見ている。堪らんのう。そんな顔ばして隣の部屋に行ってしもうた。裏塀の板が風に煽られて外れかかっとるようで、バタバタバタとけたたましく鳴る。

「おう。降りて来とる、来とるぞ。もうそこまで迫っとる」

赤ん坊はきりきりと産道を回りながら降りて来た。腹を触るとありありと手応えがする。そうして頭が覗くようになった。ちょっと黒いものが覗いて、また引っ込む。

「黒いもの」

「赤ん坊の頭の毛じゃ」

初めて見たときはびっくりした。赤ん坊の頭が下から出たり、引っこんだりするうち、ついにゾロッと出る。小さい人間一人分の体がヘソの緒をつけたまま滑り出る。しかし先輩海女の姉さのそばで見たときは、頭じゃのうて手の先が出た。小さい皺にくるまれた赤ん坊の手の指じゃった。

ひゃっ、逆子じゃ！

とは声に出さぬ。産婦に聞かせぬようグッと口ば引き締めた。船の上じゃからな。声に出せば、妊婦がわが身の災難に怖れ戦いてお産どころでなくなる。

いつもなら赤ん坊の頭のつむじが見え隠れするはずが、そのときは違うていた。何やら蟹の口みたいなものが見えた。その奇っ怪な紫色をした口が、赤ん坊の手の指みたいなものをくわえている。くわえているように見えたのは、赤ん坊の手がはみ出しているからじゃ。

赤ん坊を頭から出すことはできる。しかし手や足から降りてきた子を、どうやって取り出せるか。蟹の口は本当に赤ん坊の手をくわえ込んでいるように見える。頭からむしゃむしゃと体を食うてしもうて、手の指が残ったように見える。怖ろしい光景じゃった。

ミツル！　向こうば向いとれ。

と姉さの声がした。

見たらならんど。

もう海女舟の上は夏のお天道の光だらけじゃった。波の上もぎらぎら光っていた。あたしはいつの間にか気を失うて、妊婦と一緒に磯辺の海女小屋に運ばれて寝かされていた。

間もなく島の産婆が駆けつけたが、赤ん坊は死産じゃったという。あの小さい手はとうとう食われてしもうた、とあたしは思うた。そのとき、あたしは十九じゃった。

浜へ仕事に行くと岩陰からよく蟹が這い出てくる。若いうちはその無惨な蟹の口を思い出して、娘心に怖ろしゅうてならんかった。嫁に行って、齢を食うていくうち忘れていった。今日久しぶりに思い出した。

今は病院というものがあって、腹の中の子の姿まで見える器械もある。逆子の騒動は昔の話じゃ。安心するがいい。

あたしは春先の海の中が好きじゃ。海中に小さい美しか透き通った粟粒のような水玉が、ぷくぷくぷくと泡立っている。海の中の小さなものだちが、波に揺られながら生まれ出てくる。

「ばあちゃん。もし今夜、美歌が産気づいたら取り上げてくれるか」

と聖也が神妙な顔付きで言う。

「おう、産ませてやるとも」

と言うたが、美歌は初産じゃから、あたしみたいな年寄りにそんな産婆の技はもうできん。

昔は何人も子を産んだ妊婦は、一人で船べりに摑まって、しゃがみ込んで産んだものじゃ。赤ん坊は自らの体の重みでみしみしと、産道を回りながら降りてくる。それからいよいよというときに、朋輩の海女だちが手をすけて下から引き出してやる。船底に滑り落とすと大変じゃからな。海女に限らず、昔は親も身内もおらぬおなごは、やっぱりそんなふうにしゃがんで一人で産んだというぞ。

あたしのお産はどうしたわけか、海の仕事が終わって家に帰り着いてから腹が痛み出した。太蔵のときも以蔵のときも、符合したように同じじゃった。

以蔵の雁来農園のハウスが、今度の台風で飛んだという。

これから秋冬の野菜を育てねばならんときで、以蔵は気落ちする暇もなく、倅と新しいハウス造りに取りかからねばならなかった。勤子が車を運転して二人で見に行くと、せっかく台風前に撒いた畑の海藻肥料も吹き飛び、畝(うね)こそ流れることはなかったが畑の土は赤裸じゃ。

「仕方ないわい」

と以蔵は農園で黙々とパイプを組んでいる。

あたしは勤子や美歌だちと以蔵のため、海藻肥料を採りに浜へ行った。美歌は聖也の心配をよそに腹はまだまだ下がってはおらん。赤ん坊がいよいよ生まれるときは、腹の重心というものが、下腹までどっさりと降りているもんじゃ。

太蔵はまだ漁に行かず、港につないだ船の点検整備をやっている。聖也は役場で台風の被害を調べている。

台風が抜けた後の海岸は、また打ち上げられた流れ藻で足の踏み場もなかった。前より酷い有様じゃった。

海の底のカジメやワカメの林が暴風に掻き混ぜられ、溺死人の髪の毛のように無惨に浜辺に貼り付いている。

雁来農園は台風にハウスを失うたが、代わりにまた海の肥料を恵んで貰うた。津波や大きな台風が来ると、海水が掻き混ぜられて養分が行き渡る。カジメの海中の深い藻林の古い枝や傷んだ葉は千切り取られて、そこに日光が奥深くまで射し込む。

台風や津波を怖れても、それを憎む漁民はおらん。人の世に嘆きのない所はどこにもない。良いことは悪いことで、悪いことは良いことかもしれぬ。

いつもいつも海が静かで凪ぎばっかりなら、海は滞って汚れて濁っていく。ヘドロが溜まり、海の藻も海の草もしだいに腐っていく。海が腐ると陸も腐る。一心同体じゃ。

「見て、小鯛がのびてるわ」

波打ち際の砂浜を歩きながら、美歌が指差した。

薄桃色の小さい鯛が打ち上げられている。灰色の目玉が飛び出している。もう死んでしもうてだいぶ経っている。煮ても焼いても食えんじゃろう。

こっちはウツボが半分巻いて磯の波を被っている。ウツボがいったいどこから打ち上げられてきたものか。いややや、飛んで来た魚もおる。波打ち際からよほど遠い砂地に転がっている。台風で海が逆巻いて、水の中からヒュウー、ヒュウーと飛ばされてきたんじゃ。

浜に揚がった魚だちは、丸裸の人間より身の置き所がない。歩くに足がなく、這うに手がない。鰭は虚しく空気ば掻くばかりじゃ。もうどうとでもなれとコロリと引っ繰り返って、丸い目ば開けている。こっちは愛らしい紅アンコウか。吹き飛んで来たので赤い体のあちこちに、打ち身の傷を負っている。

台風のとき、亭主を呼びに港へ行ったとき、海の魚が飛ぶのを見たことがある。荒い波に揉まれていたのが、いきなりヒューッと宙を走った。何の魚じゃったか見定める間もなかった。ピシャッ、ピシャッ、と二、三匹、あたしの顔や首を打って飛び去った。

空から落ちた魚は磯辺の小魚と違うて大きい。それを年寄りや子どもが拾いに集まっている。家に持って帰って飯のおかずにする。その中に小夜子の姿もあった。小夜子の亭主は体が悪く、養うてくれる倅もおらぬ。空から落ちた魚は夫婦二人の有り難い恵みじゃ。

小夜子も気が付いてこっちへ来た。鍋の魚を傾けてあたしに見せながら、

「ミツルさ、ほれ見い。これは底魚（そこうお）のアンコウじゃ。こんな魚が浜まで飛んできたんじゃから、この辺りの海底はよほど大荒れになったんじゃろうな」

傷ついたアンコウはまだ死なず、鍋の底に身を横たえていた。この辺りの海……。あたしは不

意にドキリとした。平井の海がこんな有様なら、舟木岬の沖はもっと荒れたんではないか。ここの港は山を背にしているが、舟木岬は遮る島も山もなく台風は一直線に通り過ぎて行く。そこの海底に折れた槍の穂先みたいに刺さった艦艇の影が頭を掠めた。

「潜水艦はどうなったじゃろうか」

小夜子が言う。

「ほかの船はよか。真っ直ぐ突き刺さった船が崩れ落ちたりしてはおらんか」

「海の底では実際どのくらいの波じゃったろう」

あたしだちは顔を見合わせて立っておった。錐揉みのごとく海が逆巻く。暗い海底に塔のように突っ立った伊ノ四七の影がある。泡立ち吠えて轟く波は夜の魔物のようじゃ。艦艇はぐらりぐらりと揺さぶられる。海底に散らばった潜水艦だちも泡を飛ばして踊り出し、ぶつかり合い、倒れかかり、折り重なる。倒れまいか。伊ノ四七は倒れまいかのう。

九月に入った。

海女の寄り合いの朝。小夜子から電話で、亭主の体の具合が良くないから今日は休むと言う。亭主は以前に脳梗塞を患うてその後は弱っている。昨夜から息が苦しいというので様子を見ることにした。水上タクシーで元根本島の町立病院に行くか、しばらく家で安静にして様子を見るか、まずは病院に電話を掛けて相談するという。

小夜子の代わりに美歌が迫り出した腹ば抱えて、勤子のワゴンであたしを海女小屋まで乗せて行ってくれた。海女の女房はみんな長生きで、飲んだくれの漁師の亭主は早死にしやすい。あたしはうちの亭主を思い出したが、死んだ者は年々に遠くなっていく。

海女小屋の前であたしを降ろすと、美歌はそのまま帰って行った。産み月を来月に控えて腹の置き場がないようじゃ。あたしが中へ入ると障子を閉めた部屋に、死人（しびと）みたいなやつが机の向こう側とこっち側に転がっていた。ギョッとした。

近寄ると鵤（いかるが）シホイも鷗井（おうい）千夏（ちなつ）も昼寝中じゃった。二人とも座布団ば枕にして、ずずずー、ずずずーと鼾（いびき）をかいている。年嵩の婆の方が眠りは浅い。あたしの気配にシホイの灰色の眼が開いた。吃驚（びっくり）した。

「二人とも誰ぞに殺されたかと思うた」

そうつぶやくと、

「何てや？」

とシホイが聞き返す。

「二人とも殺されたかと思うた！」

と大きな声を出すとシホイは冷めた声で言う。

「年寄りを殺すほどの理由はあるめえ」

シホイのその声に千夏も眼を覚ました。

小夜子がおらぬから今日は三人だけの寄りを始める。

あたしは筆を出しながら思わずつぶやいた。

「この頃は緑内障が進んできてのう」

と言うても昔の磯メガネは水圧の調整がきかぬから、年寄り海女はたいてい眼を患うている。

あたしの緑内障は小夜子よりは軽いが、それでも近頃は向こうの景色の真ん中が欠けて見えるようになった。遠くの景色が紙の写真のように穴空きじゃ。小さい穴じゃけど、この世の壁が抜けたようで気色が悪い。

海を見たら海に穴が空いている。空を見たらこっちも穴空きじゃ。何や、この世はこんな薄っぺらなもんじゃったか。

小夜子の緑内障は黒い靄がかかるという。

「それにそれが眼の中にじわじわ広がっていってな。何ば見てもすっきりすることはない。眼の両端から狭うなってくるようじゃ。ちょうど舞台の幕が両方から、ちょっとずつ閉じていくような具合にな」

命はまだ当分終わりそうもないのに、舞台の幕だけ閉まるのは難儀じゃて。

「見えにくい眼で字を書くと肩が凝るでな。あんたが来るまでちょっと横になっておった。なあシホイさ」

千夏の声が今日はいつもより高い。

「そうそう。それで横になったら眠り込んだ。夢を見ておったわ。良い気持じゃ」

とシホイが欠伸をした。

「わしも夢ば見た。海の中でこんな大きなアワビだちが、波に揺られて踊っておった」

と千夏が両手を広げる。そんなアワビがあるか。まずは平和なもんじゃ。蒸し暑いのであたしは立って行って障子を全部開け放った。年寄りは鈍いもんじゃ。

「そろそろ秋のお彼岸がくるのう」

とシホイ。

そうじゃ。今月はお彼岸で、あたしだちは倍暦によって今年の春に一つ、秋にもまた一つ齢をとる。名簿に記した齢を書き改めねばならん。それから来年の春のお彼岸に、次の退役海女がいるか漁協に問い合わせて通知を出す仕事がある。浜の海女の数もめっきり減って、毎年、新しい仲間が入るというわけではないから、この通知はきちんと書面にして郵送することになっている。

小夜子が次から出てくるかは亭主の病気次第じゃろう。

「ここの浜には停年になる婆はおらんのか？」

「なんじゃって？」

とシホイが聞き直す。

「わしは難聴が進んでな。ちょっと聞きづらい。もう少し高い声で言うてくれ」

「この浜にな、今度停年になる海女はおらぬかな？」

声を大きくして言い直すと、

「ああ。平井に一人いたようじゃ。海女の健診のとき病院で会うた覚えがある」

とシホイはうなずいた。近いうち組合へ行って名簿を調べて貰うことにする。

あたしは机の上に「美々浦退役海女名簿」を開いた。シホイは今月、百八十一歳になるんじゃった。耳も遠くなるのは当然じゃと笑いとうなった。

『こじき』で百歳超えの天皇というたら、スジン天皇の百六十八歳が最高齢じゃが、『にほんしょき』ではだいぶ話が違うて、ケイコウ天皇の百四十三歳が入れ替わる。そしてスジン天皇は『にほんしょき』では一一九歳であらせられる。何がどうなっとるのかようわからん。

しかし古代の天皇は今となっては居たか居なんだかわからぬヒトじゃともいう。古代の天皇は事跡というものがなければ、確かに生きておったことにはならぬからな。しかし長い年月にそれが消えていくこともあるじゃろう。まことに空ゆく雲を数えるようなあてどなさじゃ。そんなあてどない人のかたちを成さぬ方々なら、百四十三歳じゃろうが、百三十七歳じゃろうが煙のようなものじゃろう。

ただ誰も見た者のおらぬ神代の昔のことながら、嘘でも作り事でも眉唾でも、こんな仕組みを考えたのはたいしたもんじゃあるまいか。人か神か。これは問題じゃろ。人の寿命はキリがある。しかし倍暦を付けるとたちまち神となる。しかし神とは姿かたちなきものじゃ。人か神か。見た者はおらねえ。そうして空の雲はただただ美しかぞ。

だが百八十一歳の鳰シホイは空ゆく雲ではない。同じく百七十七歳になる鷗井千夏も、百七十一歳になる鴫小夜子とこのあたしも人の子じゃ。

そうして人間の体は老いる。神とも雲とも違うて美しゅうはない。ただの眼病み、耳病みの婆に過ぎん。

一年の月日が経つのはでんでん虫の這うように遅く、一生の過ぎていく速さはこれまた信じられぬほど速い。その齢に倍の齢を足した昔の人間は厚かましゅうはないか？

「そもそも海女も漁師も大昔から海で働くことは変わりねえのに、何で海女だけが倍暦を貰うんじゃろうか」

とあたしが言うと、それもそうじゃなァ、と千夏も首をかしげた。厳しい海仕事の褒美というても、おなごの海女に限ったことではない。

「倍暦が付いたのは天皇だけじゃろう？　昔から天皇はずっと男じゃねえかい」

「たまにおなごの天皇もありなさったが、そりゃ御亭主が死んだとか、相応のわけがあってのことじゃろう」

するとそもそも倍暦を貰うのは、男の方ではあるめえか。

「しかし漁師は八十五の齢までは働かねえって。せいぜい七十過ぎまで船に乗って、後は陸へ揚がってくるじゃろう。海で働く年月は海女より漁師の方がだいぶ少なかろうて」

そう言うたのは千夏じゃった。倍暦というのは、娘の頃から海に入り、結婚ばして妊娠しても海に潜り続け、産んでからも子を桶に乗せて働き、生まれて八十五の齢まで海女を通した女だけが貰う褒美じゃと千夏は念を込めて言う。

「うむ。そういうが男の仕事はきついぞ。鯨捕りなんぞはな」

シホイが思い返すように言うた。

「鯨の銛撃ちなどは誰にでもできん仕事で、漁師の中の漁師というかな。危のうて厳しい仕事じゃ」

シホイの死んだ亭主は、近在の島では誰知らぬ者のない銛撃ちじゃった。シホイは薄く切った羊羹を楊枝に刺しながら、

「わしだち夫婦は同じ齢の幼馴染みでな。わしが海女の停年で倍暦の百七十歳を貰うたとき、亭主は陸に揚がった八十五歳の爺じゃった。子どもや親戚がわしの百七十の御祝いばしてくれた席に、亭主は老い耄れてぽつんと背中を丸めて座っておった。死んだのはその明くる年じゃった」

シホイの亭主は酒豪で、惚れ惚れするような見事な体じゃったが、晩年は中風で体が利かぬようになった。そんな男を海女をしながらシホイは看取った。

それからすると、あたしの亭主は八十前のなんぼか元気なうちに亡うなったんで、あたしはシホイほど苦労はなかった。あたしの亭主は女房がまさか百七十の倍暦を貰うなどと、思う暇もなくあの世へ行った。

するとと千夏がしんみりと、

「わしが倍暦を貰うたときな、うちの人が何となくむっつりしておったのが気になってのう。亭主としては自分の女房が昔の天皇みたいな倍暦ば貰うたら、さぞ居心地が悪かったろうと思う」と溜息をついた。

「べつにわしはな、表彰状ば貰うたわけでも、退職金貰うたわけでもないけどな……」

千夏が表彰状と言うたのがおかしゅうて、あたしは笑うた。

「齢が増えても腹の足しにはならん」

「そうじゃ、そうじゃ」

シホイがうなずく。

「何でも多けりゃ良いというもんじゃなかろう」

千夏はいつにない真顔になって言うた。

今日は立神爺も姿を見せない。

浜の波音が長い箒を引きずるように、行ったり来たりを繰り返しておる。

気分直しにまた茶を淹れ直して飲んでいるうち、瞼（まぶた）が温（ぬく）うなってきた。死ぬときもこのようにこの世の幕が下がってくるんじゃろか。しかしとろりと心地良い。座卓にもたれたシホイは舟を漕ぎ始め、

「やれやれ、いっとき横になることにするか」

あたしだちは畳に平べったい五体を干しイカのように伸ばした。自分の体というのは重いもんで、この重みから逃れられるのは水の中と、こうして体を横たえるときしかない。

夢と現の境が入り合うて、あたしはどこぞへ連れて行かれるようじゃった。彼方に色の失せた野原が見えてきた。

草の中を長い人の列がぞろぞろと進んで行く。見晴らしが良う利いて、あたしの眼はどこまでも怖ろしいほど見渡せる。景色のどこにも欠けたところがない。穴がない。眼が治っているらしい。

野原の向こうには何もないぞ。海も山もない。ただ白い靄が立ち込めている。あたしはそれを高い所から見おろしていた。そして列の中から一人の婆の姿を見つけ出すと、鳥みたいに降りて行ってその背後から体の中へ入り込んだ。スポリとうまく入りすぎて感心しとると、何じゃ誰のものでもない自分の体じゃった。

前を行くのは小夜子で、右はシホイ、左は千夏が歩いている。やがて草原の際まで着くと、何十人もの爺だちの群れが崖っぷちに集まっていた。崖の先は空じゃ。下には青黒い海がある。爺だちの背中には人間一人分の体を浮かせるほどの、大きな翼が生えている。貧相な爺の体と、逞しい翼が不似合いじゃった。

小夜子が一人の爺のそばに寄って、羽繕いの手伝いをし始める。人の髪の毛を揃えるように、長い風切り羽を梳いてやる。爺の尾羽には昔の羽振りの良い旦那衆の着物みたいな、眼にも鮮やかな横縞模様が入っている。ハヤブサの羽みたいじゃ。

その爺の顔は死んだ千夏の亭主じゃった。

死にゆく人を見送るのか。やっと気が付いた。

羽繕いのすんだ爺だちが翼を打ち振るい始める。いよいよ発つときがきた。みんなで手を合わせた。空に合掌する。小夜子がじっと立っている。鳥の爺だちはバサリ、バサリと翼で空を打ち、そして風を捉えるとふわりと飛んだ。

みるみる空は人形の鳥影で一杯になっていく。

草原には大勢の白髪頭の婆だちが残された。

地上の婆は汚れた羊の群れのようにどよめいておる。

あたしはそんな眺めを眼の下に置いて、またクルクルと空中に舞い上がった。

その日、あたしだちが海女小屋で揃うて居眠りしとる頃。小夜子は水上タクシーで亭主を本島の病院に連れて行った。亭主は心臓の巡りがどんどん弱うなってきて、夜半は何とか保ったが朝方に息ば引き取った。

思えばここまで生きてきた齢には不足なく、若いときは酒も充分に飲み倒した。そんなことで葬式の日は、生き残りの漁師仲間が近隣の島々から大勢で弔問にきた。

良く晴れた空に海鳥がようけ舞っておった。

風のない昼、あたしは庭に出て草取りをすると、久しぶりに焚き火をした。台風の後片付けしたときの枯れ枝を、小屋の裏手にまとめて積んでいた。焚き火をやると気合いが入る。気持ば引き立てるために薪を組んで火を点ける。

明るい陽の下に透き通る火の舌がチョロチョロと伸びてくる。やがてめらめらと炎の華が開く。白い煙がぼうぼうと立ち昇る。草木を焼く煙は白うて美しい。草木の清らかな一生のようじゃ。人間ば焼くときはこうはいかん。黒い煙が上がる。脂のない枯れ木のような年寄りでも、焼けば何ほどか黒煙が出るもんじゃ。

今日は朝から腹の大きな嫁同士が遊びに来た。奥の座敷で三人集うて賑やかにしゃべくっておる。美歌がお茶や菓子を運んで行く。あたしはその声を聞きながら、焚き火の底に紅芋を四つほど差し込んだ。

そのうち美歌だちは庭の煙に気が付いて、様子を見にやって来た。

「火を焚いているんだ」

子どものように喜ぶ。

「おう、中に芋ば入れとるぞ」

わあ、と若い妊婦だちは履き物を取りに行き庭へ降りて来た。火の周りに集まる。めらめらと揺れる火の踊りを眺めながら、いっときみんな静かになった。

　火の動きは見飽きぬもんじゃ。

　焚き火というと、死んだ亭主の厚市(あついち)から聞いた話を思い出した。厚市のひい祖父(じい)さんは昔、鯨捕りじゃった。この長崎の島々のすぐそばを鯨の群れが泳いでおった頃じゃ。厚市からすると三代前の親父でな、鯨漁の銛撃ちじゃった。銛はなかなか当たらぬもんでな、名人いうたら船の花形さ。

　戦後は外国船も入り混じって鯨の乱獲が激しゅうなり、とうとう東シナ海の鯨漁は絶えてしもうた。

「そのひい祖父さんが齢ば取って臨終のとき、息の切れる間際に突然おらび（わめき）始めたんじゃと」

　腹ぼての嫁だちは大きな眼を見開いて聞いている。

「何て言ってたの？」

　美歌が聞く。あたしは灰の中の芋を引っ繰り返す手を止めて、そのひい祖父さんに成り変わる。

「おおおお！　あれば見れーー。彼方に煙が上がっとるぞォ。島で火ば燃やしとるんじゃ。浜で嬶(かかあ)だちが火ば焚いとる。おおおおーい！　わしらア帰ったぞーーい」

　ひい祖父さんは大声を張り上げて、布団を蹴飛ばして起きかかる。

「焚き火じゃ！　おなごだちが火を焚いとる。合図ばしとるぞい。あそこが美々浦の浜じゃァー」

　東シナ海の冬は台湾坊主が吹きすさぶので、漁船の遭難は昔から数知れず。男女群島辺りでは千人を超える漁師の遭難事故が、未だに語り伝えられている。

「この島の女の人たちが焚き火をしたの？　どうしてみんなで火を焚くの」

「天に昇る煙は遠い海まで見えるからな。いざというときは昔から大焚き火ばするんじゃと。ひい祖父さんもそうやって浜の焚き火の煙ば見つけて、帰り着いたことがあったんじゃろう。そのときあんまり嬉しゅうて、懐かしゅうて、ずうっと死ぬまで忘れることができんじゃった」

　美歌がうなずいて、

「分かった。狼煙（のろし）とかそんなものね」

「スマホとかいうもんもそうじゃろ」

　あたしはクスクス笑うた。

「今の焚き火は変わったもんじゃ」

　腹ぼての嫁だちも笑い合うた。

　祖父さん、大丈夫やぞ。帰り着いたぞ。助かったぞい。良かった良かった、と厚市の父親は瀕死のひい祖父さんの体を抑えた。火を焚いたひい祖母さんがその手を握る。そうして鯨捕りの爺さんは瞑目（めいもく）したんじゃと。

「昔のおなごはみんな火を焚いたと厚市は言うとった。家に残って男を待つおなごは火を焚かねばならんかった。煙を空に昇らせるんじゃ」

「煙いうたら……」

と本土の大分から来たという嫁が言うた。

「ほら、昔の白黒の西部劇をテレビで観たことない？　そしたら大平原の向こうに白い一筋の煙が立つでしょう。あれってやっぱりあの、ネイティブの女性が焚いてる火じゃないかしら」

「男は狩りをして外へ行く。火を焚いとる暇はなかろう。厚市の語るひい祖母さんの顔は知らないが、その話を聞いてから、あたしは見たことのないひい祖母さんの顔が、海の上にでーんと懸かっているような錯覚がするんじゃ。大きなお天道みたいなおなごの顔じゃ」

するとと美歌があたしの顔を見て、こう聞いた。

「そしたらね、その厚市さんが亡くなったときも、うわごとを言ったの？　おおおー！　煙じゃァーーーって。ひいお祖父さんみたいに叫んだりしなかったの」

いや、いや。厚市は静かなもんじゃった。

「何も言わなんだ。その頃はもう浜のおなごだちは大焚き火など、することはのうなっていたんじゃ」

あたしは火の中の紅芋を火箸で突いてみた。さっくり箸が通ったので、焼けた芋を新聞紙に包んで渡した。美歌だちは熱い芋を抱えて座敷に戻って行った。

おなごの焚き火の話にはまだ続きがある。

晩御飯のときじゃった。美歌がその話を持ち出して、勤子も浜で焚き火をしなかったかと聞いたもんじゃ。

「大焚き火はしないけどガンガンの小さい火なら毎日焚いとるじゃなかね」

勤子は笑うてみせた。ガンガンというのはブリキの一斗缶のカラのことじゃ。牡蠣を入れて市場に出すための缶でな。あたしら海女は年がら年中、浜で空いた一斗缶に薪をくべて火を熾している。

一年中、夏といえども海の水は冷たい。水に潜る前と、浜に揚がった後は、ガンガンの中の小さい焚き火で暖を取る。アワビの乱獲を防ぐため今は冬の間は潜らぬが、勤子が嫁に来た頃は十二月、一月、二月の極寒でも、海女が潜らぬ日はなかった。

勤子は聖也の差し出した茶碗に三杯目の飯をよそって渡すと、胸の奥に隠していたものば取り出すように話し出した。

「うちの人には前に話したことがあるんやけど」

太蔵はむっつり押し黙って飯を食うている。

「あれはもう三十年くらいも前のことじゃったかしら。あたしはまだ若かった。太蔵も土佐のカツオ漁なんかに出かけたもんよ。あたしはまだ深く潜れん若い海女同士で潮見のシマに組んで行った」

まだ未熟で磯から離れられぬ若い海女を、磯付き海女という。勤子にもそんなときがあったと、あたしは懐かしい心地で聞いておった。

「確か台湾坊主が通り過ぎた何日後かの昼頃じゃったわ。もの凄う寒い日よ。あたしらは潮見のシマでアワビば獲っていたんよ。あそこは岩礁がごろごろして浅いかと思えば、グッとえぐれた深い所もある。朝から三度か四度潜ってな、それから岩場に揚がると、いつものようにガンガンの中に薪をドサッと放り込んで火を焚いた」

身も凍える厳冬の時期さ、勤子が口をすぼめる。この時期の寒さに潜れる男はいないからな。女の体は不思議なつくりじゃと思う。

「風はないが凍みるように冷たかった。燃やせ、燃やせ、もっと薪ば入れろ！　と姉さん株が言う。火はどんどん大きゅうなってガンガンが赤う焼けるほどじゃった。太い煙がぼうぼうと空に昇っていってな」

あたしらは飯ば食べながら、顔は勤子から外せない。勤子の話はだんだん佳境に入って顔が赤らんだ。

「そのうち姉さん株が顔を上げてな、アレば見い！　と沖を指した。あの船は何じゃ！　その声にあたしだちが一斉に眺めた先には、一隻のでかい船の影が沖に浮かんでいた。島では見たこともないほど大きな、漁船なんぞとはまったく様子の違う船でな。どこからか降って湧いたみたいに現れておった」

「おっかァ、どんな船じゃ」

聖也が身を乗り出した。

「戦争映画に出て来るようなやつじゃ。あんなのを軍艦とかいうんじゃろうか。その大きな影がどんどん近うなる。海の向こうから戦争時代が戻って来るようで、何や夢を見ている気がしたわ」

あたしはゾクリと身震いして手を合わせた。


霊(たま)出せ。霊出せ。霊出せ。

霊出せ。霊出せ。霊出せ。


勤子がこんな話を打ち明けるのは初めてじゃった。

「軍艦はとうとうあたしだちのすぐ手前まで来たんよ。そのときおかしいと思うたのは、磯の岩場の浅瀬に大きな鉄の船が停まっていることよ。そしたら見上げるように高い甲板の上からロープの梯子(はしご)が垂れてきて、三人の兵隊が降りてきたわけ」

「お義母さん、それって日本人?」

「アメリカ人じゃろね。あたしらの焚き火が呼んだんじゃと気が付いた。するとね海の中を軍服姿の三人の男がジャブジャブ歩いて来る。その辺りはまだ深いのに波の上をさ、ジャブジャブと歩いて来る。金髪の若い男が一人おってな。青い眼で、こんな美しか人間がいるかと吃驚した」

「英語で何かしゃべった？」

「ううん、何もしゃべらん。すぐそこまで来ると止まったのよ。おたがい向き合うて何も言わん。だって死人が口を利くはずはないし……。あたしだちは肌襦袢の上に褞袍をひっかけたまま、向こうも青い眼をまん丸うして見ておった」

米兵は初めて海女を見たんじゃろう。どっちも魂消たことじゃろう。

「そのときのあの金髪の若い兵士の顔は忘れられんわ。何か言いたいような、聞きたいような、口をもごもごしているの。その眼が言葉に尽くせんことを言うているようでね。あたしだちを見る眼が、懐かしいような哀しいような、言うに言われぬ色じゃった。国は違うても同じ人間同士じゃから。あたしだちも立ちすくんだまま、向かい合うておったわ」

その間にガンガンの中では、火が燃え盛っておったというわけじゃな。

「太蔵はこの話が嫌いなんよ」

と勤子が亭主のほうを見る。

「嫌いも何も夢のような話じゃねえか」

と太蔵はそっぽを向いた。

「青い眼の幽霊に悋気するなんておかしい人じゃ」

と勤子が向こうを向いて笑い、

「おばあちゃん。悋気って何ですか?」

美歌がキョトンとして問うた。

八　ふたりで、沈没船に線香をあげに行こうか。

亭主に死なれた小夜子は妙に気合いが入った。

一人になってスッパリ覚悟ができたようじゃ。もっとも親も子も頼りになる身内もない小夜子は、自分に気合いを掛けるしかない。

「スッカラカンちゅうのは身軽なもんや。病気持ちの亭主を背負うていた肩がスッと軽うなったぞ。犬や猫ば見てみい。生まれてすぐ親から離される。何ともない顔ばして道の臭いを嗅いどる。誰から教えられたわけでもなく、サッパリと生きておる」

小夜子の軽はどんどん走る。

「一人じゃと食うもんもわずかでいい。カネもいらん。身軽なもんじゃ」

昼間の島の道は年寄りの車の占有じゃ。季節は初秋じゃ。窓から入る風がビュウビュウとあたしの白髪を逆立てる。

「あのな、亭主が死んだら、家の中にいろいろ面白かことが起こるぞ」

小夜子がうふふふふと笑うた。あたしは小夜子の陽気が気になる。

うちの亭主もずいぶん前に死んだが特別に面白いことはなかった。身内が死ぬのは、家の中のどこかの戸がビシャーンと閉まるのと似ている。お父さが死ぬ。お母さが死ぬ。お舅さが死ぬ。お姑さも死ぬ。あちこちの戸が一杯閉まって、もう二度と開かねえ。

しかし小夜子は思い出すように笑うて、

「齢ばとると物忘れがひどうなって、いろんな物が急に失うなって見つからんごとなるじゃろう。あれがない、これはどこへいったか。こないだ台所で今まで握っておったキュウリが失うなってな、ありゃ、キュウリはどこさ行ったかい？　わしが声に出して探しておったら、玄関の下駄箱の上に置いてあった」

「キュウリが何で下駄箱にある？」

「郵便配達が来てな、キュウリを握って玄関に出て行ったんじゃ。それから受け取りの判子を押して、キュウリばそこに置いて戻ってきた」

「なあんじゃ」

「それでもすぐ見つかる。ほれ、小夜子。そこにある、と死んだ亭主が教える」

ハンドルを握って小夜子は大真面目じゃ。

そう思うてみるのもよかろう。

「それからさ、電話せにゃならんのに名前が出ん。誰かに電話で尋ねる手もあるが、その誰かの名前も引っかかって出てこねえから、尋ねようがない」

「そういうことはしょっちゅうじゃな」

「今朝も思い出せずに、誰じゃったか、誰じゃったか、と口に出して言うていたら急にスルッと口に出てきた。村山勇。ム、ラ、ヤ、マ、イ、サ、ム。漁協組合の広報係や」

小夜子はよくしゃべり機嫌がいい。

「亭主が死んでから、見つからぬ物も引っかかって出てこねえ人間の名も、失せ物、探し物、何でも面白いように出てくる。きっとうちの人が女房の役に立とうと、わしのそばにぴったりひっついておるんじゃ」

返事のしようがないから黙って聞いている。

小夜子は海沿いの一軒の店の前で軽を停めた。

この店は前の道を通るだけであたしは気持が悪うなってくる。店の戸口に黒い潜水服が死人(しびと)のようにだらりと下がっとるのが目印じゃ。

「島のボート屋」

というおかしな看板が上がっとるが、どんな商いをするのかは浜の年寄り連中には皆目わからぬ。〈ダイビング用品一式アリマス〉というガラス戸の貼り紙の向こうに、立神爺(たてがみ)の倅(せがれ)の顔が見

えた。たしか三人兄弟の三番目じゃ。こいつが店主で、いい体をしておるが未だに嫁は来ん。店の中に入って行くと、

「あれま。ばあちゃん二人揃うてどうしたと?」

倅は爺に似ず愛想が良い。

「わしら、停年で暇になった。それでダイビングでもしようかと思うてな」

小夜子は勝手なことを言う。

レジの横の大きな台には、箱を解いたばかりらしい一揃いの潜水具が広げてある。服に水中マスクやら、足ヒレに呼吸器具のようなものやら気色の良うないものばかりじゃ。

「こりゃ重そうじゃな。どのくらいある?」

小夜子はまさか買うつもりじゃねえだろう。

「スーツが一キロかなァ。それにマスク、足ヒレ、靴で合わせて二、三キロね。あとエアタンクにウェイト、レギュレーターなんかが五、六キロで合わせて二十キロくらいかなあ」

二十キロ! 目玉が飛び出た。

「それでも重いのは四十キロ以上ありますよ。それを背負うて潜ります」

あたしだちは黙り込んだ。そうまでして何で水に入るんじゃ? 今は戦争もない。南の海はハワイやグアム、サイパン、レイテの島々も、テレビに映る旅の番組じゃキラキラお天道が輝き、楽園のごと海は美しゅう光っている。そんな海に何がために重とうて、こんなおぞましい責め具

を付けて潜らねばならねえか。

「そんなら年寄りには到底無理じゃな」

小夜子が苦い顔をすると、立神の倅は笑って押し返す。

「ダイビングのライセンスに年齢の上限はないですよ。元根島のスクールには下は十歳から上は七十代まで来とります」

「そんな齢なら緑内障も出ておろう」

「医者の診断で目薬を貰うて潜る人もいます。磯メガネの下に自分の老眼鏡を掛けることもできる」

するとと小夜子が倅を見上げて言うた。

「あのな、わしの目方は四十八キロじゃど。それが二、三十キロもの潜水具ば付けたら、水際までも歩けまい」

「いやいや、歩くことはない。目当てのポイントに船で行って、そこから海に飛び込むだけです。装具は僕らが付けてあげるんで、後はドボーンと飛び込む」

「それでも重すぎるわい」

と言い返す小夜子に、倅がまあまあと宥(なだ)める。

「それは重力が支配する陸の上のことですよ。水の中に入ったらその重みが一、二キロくらいに減ってしまう。プラマイゼロの無重力の世界や」

そんなことは言われなくともわかっとる。

「ばあちゃんだちは海女じゃろう。水の中に三十分も潜っていられるか？　なんぼベテランというても水中で息をこらえるのは二、三分かそこらじゃろう」

立神の倅は勢いづいてまくしたてる。

「ばあちゃんだちの知っとる水の中は苦しかろう。楽しゅうはなかろう。海女の仕事は闘いじゃとぼくは思うですよ。だからばあちゃんだちを尊敬する」

何や泣き落としのような説得じゃて。

「七十になっても、八十になってもお年寄りがダイビングをやるのは、この水中の浮力の快楽のせいですよ」

おお、そうじゃ。

水の中では魚のように軽々と身が動く。それがアワビば獲って上に揚がるとき、船べりに手を掛けたときのわが身の重さ。濡れた体で船に揚がるとき、海水はまるで黒い何十本もの腕を伸ばし、海女の体をひしと摑んで水中に引き戻そうとする。

若いうちは感じることはなかったが、人間の背負うた業（ごう）の重みば思うことがある。犬猫は体が小さいぶん業も軽い。人はズッシリと背負わにゃならん。この重たい体でまたこの世に戻るのかと。そしてガバリと水から五体を引き抜くんじゃ。

あたしと小夜子は別々のことを考えながら、しばらく黙って立っていた。

立神の倅が気を引くように話を変えた。

「今年の石垣島クルーズは、だいぶ高齢者のダイバーが増えましてね。あそこの海はマンタが来る穴場があるんです」

マンタというたらあの大きゅうて真っ黒い、地獄の閻魔大王がマントを引っ被ったような怪物じゃろ。なぜそんなものをみなは見たいんじゃろうか。そんなものは死んだら地獄で閻魔でも何でも飽きるほど見ることができる。

「それでどのくらいかかるもんか?」

小夜子が尋ねる。

「旅費込みで十万くらいですかね。ウェットスーツや重器具は別途、レンタルじゃけど」

倅は揉み手をして答える。

「いや、カネではない。日にちじゃよ。ダイビングを習うて覚えるまで何日くらいかかるか?」

「そんなもんは一回の航海で、初歩レッスンくらいは覚えられますよ。ばあちゃんだちならアッという間です」

そうかい、と小夜子はうなずいた。

「それで初歩ならどのくらい潜れる?」

倅は手を揉んで答えた。

「最初は十二メートルです。それより深くは潜らせない。スキューバの練習ばするんです」

「十二メートル！」

小夜子がポカンと口を開けた。あたしはわが耳を疑うた。

「そのくらいなら若い磯付き海女でも潜れるわい。スキューバなどいらん」

「だからさっきから言うとるでしょう。海女が息をこらえて十二メートル潜るのとは違う。たった二、三分間、息を詰めて、それで海の中が楽しめますか。海の深さより、海中で遊ぶ時間ですよ。三十分は潜って楽しめます」

海女とは別の世界の話じゃな。

「ばあちゃん、眼の保養に一遍だけ潜ってみらんですか？　テーブル珊瑚の上を泳いだり、魚の群れに混じって泳いだりせんですか？　ダイビングは水中の極楽を楽しむ。たった十二メートルというても、穴場の海はマンタが会いにきますよ」

こいつは立神爺より商売上手じゃ。

「深う潜って何が楽しいですか。辺りはだんだん暗うなっていく。ばあちゃんだちは深い所の手探りの暗さ、わかるでしょう。薄暗うて闇夜のような水ばっかり。月も星もない夜じゃ」

あたしの眼には、こないだ小夜子と潜った舟木岬（ふなきみさき）沖の暗い海が浮かんだ。あそこにはそんな闇夜の海が眠り続けておる。

あたしら極楽の海を見たいとは思うておらん。

小夜子がさばさばした顔で倅に言うた。

「また出直して来ることにするわい」

秋の彼岸の入りがきた。

九月二十日。

海女(あま)小屋に小夜子の車に乗って行くと、春の彼岸のときと同じように、美々浦漁協の組合長やらお歴々が先にきていた。退役海女頭のシホイも、千夏も畏(かしこ)まって座っていた。あたしと小夜子は挨拶をして正面の座に着いた。組合長が咳払いすると、あらたまって口上を述べた。

「秋のお彼岸を迎え、お集まりいただいた退役海女の姉さん方には、益々のご健勝、組合員一同お祝い申し上げます。またこの佳き日に御年を一つ重ねられ、これもお喜び申し上げます」

型どおりの挨拶がすむと、年嵩のシホイから順番に千夏、あたし、小夜子の名前が呼ばれて、恵比寿と鯛の絵が入った金一封の袋を押し戴いた。袋の中味は一律三万円で、これは天から降ってくるわけでも、国庫からくるわけでもなく、自分が海女組合に納めてきた会費から調達される。

次に書記長が用意の書き付けを広げた。

「では姉さん方の新しか倍暦齢をば、ここに読み上げさせて貰います。鵤(いかるが)シホイ殿、百八十一歳。鷗井(おうい)千夏殿、百七十七歳。雁来(がんく)ミツル殿、百七十一歳。鴫(しぎ)小夜子殿、百七十一歳」

あたしは聞きながら、薄いアルミの一円玉を思い浮かべた。婆だちの白髪と同じ色をして、軽うて小さい一円玉。

掌（てのひら）に山盛り載せても何ともない。今度一枚増えて、あたしは百七十一枚になったが、つまりはカスカスじゃ。ただ荷にならぬだけは有り難い。ここにいる四人分を足すと七百枚という計算じゃが、なんぼせっせと積み上げても風に舞う塵のようじゃ。

倍暦の祝いが終わると、松竹梅の熨斗（のし）が付いた清酒の三合瓶を一本ずつ貰うて座が仕舞うた。外へ出ていつものように小夜子の車に並んで乗ると、うちへ寄らんかと誘われた。素麺でも食うて行け、と言うから、招（よ）ばれることにした。

浜の表通りから裏道に降りた所に小夜子の家はある。裏戸を開けると秋の日はまだ高い。小夜子は鍋に湯を沸かし、手際よく素麺を投げ入れ、薬味の葱を刻む。床の間の仏壇に真新しい亭主の位牌が祀られていた。

海の音が近う聞こえた。長い間一緒に暮らした連れ合いが逝って、小夜子の家は夜などひとしお寂しかろう。

素麺ができて二人で向かい合うて食べた。素麺の出汁もキュウリの糠漬けの味も良か。美味い、美味いと食べていた亭主はもうおらぬ。小夜子は干物や、煮豆や、あれやこれやを出して世話を焼いてくれる。

食べ終わると、気分を変えるようにあたしを見た。

「ちょっと外に出てみらんか」

何や話でもあるようなそぶりじゃった。裏口から外へ出ると海沿いを歩いた。

「あのな」

と小夜子があたしを見た。

「今度わし組合に進言しようと思うとることがある」

何やら、きっぱりと言うた。

「どんなことかい」

あたしは歩きながら聞いた。

「停年海女の齢を倍にしてくれんでもよか。齢はもういらぬ。そのぶん逆に差し引いて貰いたい」

あたしは足が止まりそうになった。

「そしたらどのくらい引いて貰うか？」

「わしは八十五歳じゃから、八十五を引けばいい。そしたらゼロ歳じゃ」

小夜子はあははと笑うた。

「そんなら生まれたての赤ん坊かい」

「いや、いっそ生まれる前がいい。お母さの胎の中はどうじゃて、そしたら何もせんでのんびりプカプカ浮いとりゃよかたい」

おう、それもよかろうと、あたしは思うた。どっちみち倍暦いうたら生きた人間の齢ではあるまい。死んだ人間より、生まれる前の人間の方がよかじゃろう。身は軽うて、小魚のようで、思い煩うこともない。

「来月の寄り合いで言うてやる」

「よしよし、あたしも加勢する。一緒に言うてやろう」

　話は決まった。

　雲間の空が晴れて何とのう気持が良うなった。

　向こうにコンクリの船止めがある。島民の小船がずらっとつながれている。海がきらきらと光って眩しかった。

「亭主が小屋に残しとった小船じゃ」

　小夜子が足を止めて指差したのは、近頃めったに見ぬ木造のボートで、二人乗りか、三人は無理じゃろう。

「昔、亭主の祖父さんが使うていたもんじゃろう。人に頼んでここまで引っ張り出して貰うたら、動かしてみとうなった」

　八十五歳の年寄りがボート漕ぎを始めるという。小夜子のほかに誰かそんなこと思い付く者があるか。

「ちょっと乗ってみよう」

　と小夜子が先に降り始めた。そういうことか、とあたしも後に続いてそろそろと降りた。古い床材がぎしぎし撓る。ぐらりぐらりと揺れながら船の中を這うて腰を下ろす。

突然、ドッドッドッドッドッ！　と激しい音を立てて船が震えだした。

何の音じゃ。尻の下からドッドッドッドッと鳴動する。ちゃんとガソリンも入っとるらしい。

「どこぞへ行くんか」

「どこでも連れて行くぞ。生前、亭主がこの船の操作ば教えてくれていた。子のない夫婦じゃから一方が死んでも困らぬようにな」

小夜子は舳先で長い木の棒を握っている。ゆっくり右へ回すと船も静かにそっちに傾いていく。近所の造船所の親爺に頼んで、取り外しの利く小型船外機を船尾に吊り下げて貰うたという。木の棒が方向舵の代わりか。

ボートに毛の生えたようなもので小型船舶の免許もいらぬ。

小夜子は舵の棒を取って船風に吹かれておる。

「いつか立神爺の船で、わしら伊号の艦が沈んだ場所に潜ったじゃろう？　あのときミツルさは波の下の方に高い影みたいなのが聳えていたと言うたな」

言うた。あたしの眼にはそう映った。

「しかしそんなはずはない、とわしはミツルさの話を打ち消した。立神爺もわしと同じ意見じゃった」

確かにあのとき、あたしは夢を見とるような心地がした。自分の眼に映ったものがあんなにバッサリ打ち消されるとは思わなかったからな。

「それがこないだ船着き場で会うたら、ガラリと話が変わっておった。この辺りの海は大陸棚でな、意外に浅い場所が多い海じゃと、地元の漁師が言うとるようじゃった」

はて、何やガラリと変わってしもうた。

だが今さらそう言われてもスッキリとはせん。

深い、浅い、というても見透しを遮っているあそこの海の水をどこへ持って行くか。写真も撮れぬ。音波探知機とやらも靄の中を行くようでわかりにくい。

世の中にはようわからぬものが一杯ある。真実はわからぬものばかりかもしれん。あたしは何やもう疲れた。わからぬことがわかって疲れた。

「ミツルさ」

と小夜子が首を返してあたしの方ば見た。

「もう一遍あそこに潜ってみんか？」

小夜子はあのときの潜水がどうにも腑に落ちぬらしい。諦めきれぬ小夜子の顔が、間近にあたしの返答を待っている。

船はゆっくり沖へ出て行く。

「どうやらあたしが見たのは幻じゃった。あたしは今ではそう思うている」

いやいや、と小夜子は首を横に振った。

「地元の漁師だちは、あそこの水深はせいぜいが六十から七十メートルくらいじゃと言う。テレビ局が何というても漁師が一番よう知っとる。五島灘が深いはずはない」

そういえばこの一帯は大陸棚のはずじゃった。島もその中に浮かんどる。深かろうはずがない。

あたしが考え込むと小夜子は勢いがついてきた。

「伊ノ四〇二を除けば、あとは七、八十メートルくらいの艦じゃというから、途中で折れて海底に突き刺さっとる場合は、仮りに水深七十の所に五十メートルが立っとるような具合じゃから、わしらが二十メートルも潜ったら伊号の頭が見えてくるんじゃねえか?」

小夜子はずいぶん勝手な計算をする。

「それはぼんやり探知機が捉えた影のようなもんで、真実はわからん。もっと船体は折れたりして短くなっとるかもしれん」

「おう、そのまた半分に折れていたなら二十五メートルじゃろう。そしたら伊号の頭は五十メートル下にある」

五十メートル?

「それは無理じゃ。あたしら、そんなに潜れんぞ」

しかし小夜子は泰然としておる。

「いや、それほど潜る必要はない。潜水ライトを付けて行けば、明かりで下の方を覗くことはできるじゃろう。ミツルさがあのとき見た影はそれじゃったかもしれん」

あのときは本当にチョイと覗きに行くような気分じゃった。それで装備も何もとくに考えはせんじゃった。

「今度行ったら、わしら二人の眼でよく見てみよう」

小夜子は楽しげにどんどん押してくる。

しかし水の中で伊号の影を探すような時間があるじゃろうか。あたしら年寄りの息が保つじゃろうか。立神の倅が店で言うたことを思い出してみる。どのくらい深く潜るかということより、潜水時間の長さの方が大事なんじゃと。

「立神の倅の言うように、エアを背負うたらゆっくりと時間をかけて潜ることができるが」

あたしが言うと、小夜子は眉ばしかめた。

「あんな面倒くさいもんを付けるのは真っ平じゃ。なあに、潜水ライトを点けて、腰にナマリのベルトば巻いて潜れば万全じゃど」

ナマリは男海士（おとこあま）が深く潜るとき腰に付ける鉛の帯じゃ。海女のフンドウの倍近く重い。ナマリが重いほど、深い所に一気に降りることができる。エアなしで潜るんじゃから急がねばならん。

「このナマリを付けてサッと降りる。それから伊号の艦の影を探してまた息綱を握って船に揚がる。降りるのに三十秒、揚がるのに三十秒。そして船の影ば見まわすのに二分間くらいかのう」

と小夜子がまた簡単に言う。

「しかし、そのあたしらを誰に引き揚げて貰う？　立神の爺に頼むのか」

「あの爺はいかん！　すぐしゃべるからな。わしらだけで交替でやろう。ミツルさが潜るときは、

「わしが船の上で息綱を引く」

と小夜子が笑みを消して言うた。そんなら、あたしだちは独りであの海に潜るのか。

「一人が潜っとる間に、一人は船の上で体ば休ませる」

とうに心に決めているように小夜子は言うた。

「それで、この船で行くのか」

「わしが運転ばするたい」

小夜子は請け合うた。

船は大井のシマの辺りを走っていた。

あたしは顔を上げて濃い緑に揺れ動く波間を見た。

空には白い鷗が陽を浴びて飛んでいるが、この重い波の蓋をめくると、岩場あり、谷あり、砂地あり、赤や黄の珊瑚礁ありで、小鯛の泳ぎ織りなす海、月もない闇夜の海、沈んだ艦船で埋まった残骸の海と、同じ景色は一つもない。

ものを知ることは決して有り難いことばかりではない。知らねば苦しまぬ、泣かずにすむ。知ることは人間の罪業のようで、知らぬは赦免のようじゃとあたしは思う。

波の下を覗いてしもうた者は、二度と忘れることはできぬ。見たことに縛られる。見ぬ者は知らぬ者で、知らぬうちにいつの間にか許されている。小夜子とあたしは波の下を知ってしもうた人間で、ついに覗いてしもうた人間じゃった。

秋の終いがけの台風がこないうちに、あたしだちは急がねばならん。

おお、その前に潜水ライトと鉛のベルトが必要じゃった。小夜子は亭主の使っていたものがあるはずと言う。あたしも倉庫を探してみることにした。

船は元来た方向へ舵を切り返した。


太蔵と勤子が漁に出て行った昼、倉庫を開けて探し物をすると、出るわ出るわ、昔使うていた石のフンドウ、最近の銅のフンドウ、齢に合わせ体力に合わせて使うので幾つも出てきた後に、亭主の厚市が使うていたずっしりとした鉛の帯が出てきた。この婆の腰には重すぎるがマア良かろう。錘は降りるときだけ使うもの。後は腰から外して船に巻き戻す。

しかし潜水ライトが見つからねえ。道具箱を開けて首を突っ込んで探していると、後ろから美歌の声がした。

「おばあちゃん、何しとるの」

さっきまで茶の間で編み物をしていたのが、いつの間にか後ろに立っていた。この頃さすがに美歌は磯の仕事は休んで、赤ん坊のおしめや何かを手作りしている。そして手を動かしておらぬときは昼寝ばしている。それで昼間の美歌とあたしだけがいる家はひっそりと静かじゃった。

「潜水ライトを貸してくれと言う人がいてな、爺さんの使うていたのを探しとるのよ。ネズミがあんな重いもんを引いて行くはずはないけどな」

美歌は疑いもせず言った。

「あたしのライトでよかったら裏の車庫にありますよ。学校の実習で使ってたけど、今は置きっぱなし」

うむ、素潜り海女の仕事には深場の海に潜水する用事はないからな。それで倉庫探しはやめて裏の車庫に行った。美歌のライトはすぐ出てきた。桃色の洒落たベルトが十文字に付いている。頭にすっぽりはめ込むと寸法直しもいらなんだ。こないだ潜ったときの暗い水が体に張り付いてきた。

その夜、晩御飯がすむと、あたしは仏間の座卓に海女小屋で書きかけている海の地図ば広げた。日本列島の島形から広い太平洋を南に下ると、戦跡の島々が書き込んである。ミッドウェー諸島、硫黄島、サイパン、グアム島、レイテ、ガダルカナル島。戦さ(いくさ)の煙がその島々から上がるのがチラチラと見える。

忘れずに今夜こそ、いつか美歌が言うていた美しい七草海山を書き込んでおこう。九州の海から始めたんで、太平洋は収まりきらず三枚の地図に分けたもんじゃ。

東京湾から真っ直ぐ下った小笠原諸島の海は二枚目に入る。南に玉砕の島、硫黄島がある。地図で見るとそのすぐそばに春の七草海山と秋の七草海山が散らばっている。

春は、はこべ、すずしろ、すずな、ほとけのざ、せり、なずな、ごぎょう海山。忘れぬよう紙に記し(しる)しておった。それを書き写す。秋は、ふじばかま、すすき、はぎ、なでしこ、くずはな、ききょう、おみなえし海山。これも書き写した。

海の底を怖ろしい所と見るか、楽しか所と見るかはそれぞれじゃ。七草海山を教えてくれた美歌がおらなんだら、あたしの海は暗く怖ろしい海になるところじゃった。

あたしが七草海山を書き込んでいると、美歌がそっと部屋に入ってきた。

「おばあちゃん。潜水ライトのこと聖也に話したら、もしおばあちゃんが貸してあげる人が男だったら、ピンクのライトは変じゃないかって。聖也のライトを貸してもいいって」

あたしは筆を止めて、ドキリとした。

「相手はおなごじゃからな、あれでちょうどよかたい」

「ほんとに？　もし男の人だったら聖也も当分使うことないから、どうぞって」

いや、よか、よか。あたしは慌てて言うた。美歌はそれで納得した。それから面白そうにあたしの地図を眺める。

「海女小屋で書いてた地図ね。あたしの好きな七草海山を入れてくれたのね」

「下手な地図じゃろうが、楽しんで書いとるたい。学校でこういうことは習わなんだからな」

「もしかして天皇海山列もあるの？」

「それは三枚目の紙に書いた。北の海じゃからな」

やがて聖也も様子を見にきたので、あたしの下手な地図は二人の眼に曝されてしもうた。

「これ、うちの島じゃろ？」

聖也はすぐ気が付いた。舟木岬と長崎の野母崎（のもざき）をつないだ線の上。本島の役場勤めじゃから知らぬはずがない。

「この辺りに潜水艦が二十四隻沈んどるよね」

小さい点々でそれを書いた。伊ノ四〇二と伊ノ五八、それから伊ノ四七、まだまだずらっと潜水艦の墓場じゃ。

「どんなふうに沈んでるのかしら。爆沈されたんだから粉々になってる？」

「それがほぼ原型をとどめとる。ちょっと待て、ばあちゃんにも参考のため見せてやろう」

聖也は部屋を出て行くと、すぐ一冊のファイルば持ってきた。二〇一七年に地元のテレビが流した潜水艦の番組を載せた新聞の記事が挟んである。

「水産大学校ば卒業した年じゃったから、学校に電話掛けて先生にいろいろ情報を教えて貰うたんじゃ」

あたしも確かテレビで見た、真っ黒の画面に崩れかけた船が、折れた木のように海底に突き刺さった潜水艦の写真じゃった。一緒に見ていたあたしと勤子は吃驚（びっくり）して悲鳴ば上げたもんじゃ。

真っ暗な海中にわずかな光がある。レントゲン写真ば見るようで、ソナーとやらいう器械が映し出した。水の中は暗いが上の空は昼間のようで、水天井が明るい青じゃ。聖也が新聞の小さい文字を読んだ。

「ほら、水深百五十～二百メートルと書いとるじゃろ。しかしこうして見ると二つに折れた潜水艦の胴体と、その上の海面までの距離が、同じくらいに見える。この辺りの水深は実際もっと浅いんじゃないじゃろか」

何しろ、沈没船の実物をこの眼で見た者はまだおらんのじゃと。海の底まで潜って撮ったわけではない。すべてはロボットの器械が測って写したもんじゃ。文句の付けようがない気もするし、文句を付けてもよい気もする。うーむ。

聖也の集めた切り抜きを見ると、伊ノ四七潜水艦はあの人間魚雷回天ば載せて出撃した艦じゃという。度重なる海戦に出撃して、最後は終戦間際の沖縄で戦うて、奇しくも生き残った最後の艦となり、終戦で米軍に接収された。そして翌年四月にこの島の沖で海没処分の最期を遂げる。

「もう一つ、海底に突き刺さっとる艦があるぞ」

聖也が頁をめくると伊ノ五八とあった。こっちの写真は斜めに地に刺さって今にも倒れそうじゃ。

聖也の言うには、潜水艦は伊、呂、波の順に小型になるという。それで伊ノ四七と五八は同じ大きさらしい。まるで月夜の砂漠に船が埋まっている風情じゃ。水雷で爆沈されて七十余年。初めからこんな風に傾いておったのか、それとも長い間に少しずつ傾きだしたものか。

「伊ノ五八も特攻の回天を載せて、グアム、硫黄島、レイテ島と転戦を重ねたんじゃね。昭和二十年七月二十九日、偶然アメリカ本土からテニアン島へ原爆製造の部品を運んで帰りの巡洋艦『インディアナポリス』と遭遇した」

「運んで帰りか？」

「帰りじゃよ、ばあちゃん」

と聖也が渋柿を食うたような顔で言う。

「遅かったけども、とにかく伊ノ五八は『インディアナポリス』に魚雷攻撃を仕掛けて、六発中の三発を命中させて撃沈し、八月十四日に広島の呉港に帰ったんじゃ。しかし六日に落とされた原子爆弾で広島は黒焦げの死屍累々の廃墟になった。明くる十五日に終戦が決まった」

「そうか、伊ノ五八は知らずに仕返しばしたわけじゃな」

とあたしはうなずいた。

「しかしばあちゃん。アメリカの巡洋艦一隻と、広島市民十四万とじゃ仕返しにもならんよな」

そうじゃ、仕返しになるまい。あたしは古新聞の伊ノ五八の写真をじっと見る。斜めに矢のように突き刺さっている。この格好で七十余年も傾いたまま海の底に立っていたのか。いや、それとも今までかかって少しずつ傾いてきたのか。

「この長い塀みたいなのは何なの？」

美歌がもう一枚の写真を指した。

「これが伊ノ四〇二じゃ。巨体過ぎて地にも刺さらず、海底に腹這うている」

こっちは横長の写真じゃった。背景はどれも真っ暗で何やら月夜の砂漠みたいにも見える。海底の砂地に埋もれかかっている。

「原子力潜水艦ができるまで、この伊ノ四〇二が世界最大級の潜水艦じゃった」

あたしはそんなことは知らなんだ。

「海に潜るだけじゃのに、何でそんな大きな艦がいるか」

「アメリカ本土やパナマ運河の攻撃用に建造されたんじゃと。向こうまで海中を突き進んで行ってまた帰ってくる。アメリカ往復分の油をらくに積むことができたんじゃ」

大層な計画じゃな。

「大型爆撃機を三機も積んで行けたらしい。海の底をどんどん潜行して、パナマに着いたら今度は空から攻撃する」

国と国との尽きぬ喧嘩の途方もなさ。建物を壊し、人間を殺め、国土を粉々にするため、戦車ば造り、飛行機ば造り、戦艦ば造り、原子爆弾ば造る。その果てが海の藻屑じゃ。

「こんな大きなものが、何でまた九州の海に沈んだかというと、大きすぎて建造に時間がかかったんじゃな。できたときは負け戦続きで、戦艦大和も伊ノ四〇〇型も出番がない。大した戦さもする間がなくて、大和は航空機からの集中攻撃で沈没。伊ノ四〇二は終戦でアメリカに接収されて五島沖で海没処分じゃ。同じ型の四〇〇と四〇一もハワイ近海で爆沈された」

それというのもアメリカはこの潜水艦をくまなく調べて吃驚した。この艦の機密をソ連に盗られまいと処分されてしもうた。その証拠に伊ノ四〇〇型の機密が、今のアメリカの弾道ミサイル搭載の潜水艦の基になったということじゃ。

あたしは月夜の海底に腹這うた長い大きな影を見る。人間で言えば生まれてきた甲斐がない。無念の七十余年をここにうち伏していたわけじゃ。

背中の真ん中に突き出ているのは、爆撃機を収める格納庫というものか。艦の首は折れておる。形のあるものは厄介じゃな。地の上のものは風になり、海の中のものは水になればいいものを、こうしていつまでも在り続ける。

不憫な話じゃて。

三人でお茶を飲んだ。美歌は迫り出した腹のため座卓の下に脚を投げ出している。もうそろそろじゃ。

「美歌ちゃん、腹の子はまだ動くかい」

出産が近づくと赤ん坊が腹の下の方に降りてきて、動きが止まる。

「ええ、でもまだ動いてるの。あさっては病院に行く日だから、赤ん坊の様子がわかるでしょう」

「そうかい。本島の病院には船で行かにゃならん。お天気は続きそうかい」

あたしは何気ない素振りで聞いてみた。

「ええ。天気図を見ても、ここんとこ夏の太平洋高気圧の勢力が強くて、秋晴れの日が続きそうです」

美歌はテレビの気象予報士みたいな返事をする。

「そうか、そうか、そりゃ良かった」

あたしにもそのときがきた。

九

鯨雲だちは空へ昇っていった。

あたしもだいぶ薄うなってきた。おうーい。


朝、小夜子の車が迎えにきた。

港の裏手で小夜子の船に乗り換えて、いつか立神爺の船に乗って行ったコースを辿る。沖に出たあたしらの船は笹舟のようにあてどなかった。あのとき立神爺が船を停めたのはどのあたりじゃったろうか。

小夜子は舵を握り、あたしは船べりに座って二人で山アテばする。陸（おか）と違うて海の上にはこれという標（しる）しがない。波の彼方に長崎本土の野母崎（のもざき）の起き伏しが連なっている。それを眺めてどうやらこの辺りじゃったがと船を停めたが、しかし海原は茫々とつながって見当が付きかねる。

爺の水上タクシーから眺めた海は、帯を流したように一筋、暗い色の潮が通っていた。黒潮の帯じゃった。その潮の帯が今日は見つからぬ。黒潮は流れの速さで見分けがつくが、どこへ行ったか凪いだ海が広がっている。

「ちょっと降りてみるか」

あたしは潜水ライトをかぶり腰に鉛ベルトを付けると、ずっしり重い体を船べりに腰掛けて背中から仰向けに飛び込んだ。真っ青な空が傾いて水天井がグラリと回った。たちどころにあたしの体はクラゲのように軽うなる。

五メートル、十メートル、礫みたいにヒューーーと落ちて行く。沈め、沈め。深く深く沈まにゃならぬ。辺りの水は明るうて、黄緑色の藻が雪のように降っている。そのせいで明るいのに視界が利かない。十五……、二十……、二十五……、三十メートル。

やがて水が薄暗くなり始める。

あたしは潜水ライトの明かりを連れて降りて行った。

まっしぐらに三十メートルほども降りきった。若いときのように体が魚のごとく軽う動いた。夢のようじゃった。ここは人間のおらぬ所じゃ……。人も艦の影もない。腰のベルトを外して水中に放ると、小夜子が上でベルトを引き揚げる。あたしは頭のライトを傾けて底の方を照らしながら泳いだ。

光の届く限りは水ばかり。

二分はとうに経ったか。そろそろ苦しい。

息綱をグイと引いて上へ合図する。ない、ない、ここには何もない。よし、とばかり上の小夜子が了解して、綱を引き戻す。あたしの体はまたヒューヒューと引き揚げられていく。水の中じゃから出来ること。浮力は魔法じゃ。

五秒、十秒、二十秒、三十秒、息を止めたまま喉が震える。上へ上へと、闇夜から、おぼろ夜、薄明、真昼! へと揚がり着いて船べりの小夜子からむんずと腕を摑まれた。

また船の位置ば少し変えて、次は小夜子が潜ることにする。舵を動かさず自然に握っておること。小夜子が教える。娘の頃に母の船を扱うたときの手が戻ってきた。小夜子はもう潜水ライトをかぶっている。ザブリ! と飛び込んだ。あとはただ三分ほども、波を眺めてじっと待つ。

船上で待つ身になってみると、漂う水ほど無情なものはない。問えど答えぬ波ばかり。やがて鉛ベルトが戻ってきて、それから虚しく小夜子が揚がってくる。

しばらく船を走らせていると舵棒を握っていた小夜子が、

「あれや!」

と行く手を指差した。黒い潮じゃ。

潮の帯が一筋流れている。はっきりそれとわかる。

ここかもしれんと、あたしが飛び込んだ。潜って行くとそっちの方向の水天井がゴウゴウと鳴っている。この潮の音を聞いた覚えがある。水が明るい。しかし魚だちの姿はない。前のときは赤いツノダイの群れが舞うていた。

魚は広い海のどこにでもいるわけではない。居場所は決まっている。そこを釣りのポイントというている。そこは変わるものではない。おかしいのう。

上から小夜子が綱をヒクヒクと引いてくる。

早う揚がれと言うている。

ちょっと待て！

むこうに赤いカスリ模様が躍っている。小鯛の群れじゃろうか。水に花を流したように、何十匹もそよそよと泳いで行く。その後を追うて、何や黄色い小魚の一群も現れた。ここではねえか？　この辺りかもしれん。

あいにく息が切れかけた。綱を引いて合図した。それから土壇場で胸の骨ば開いてみる。まさかのときの手当てじゃ。胸を開いて残りの空気ば動かした。

小夜子、早う綱引け。引いてくれ。

あばら骨が燃えるようじゃ。息ばくれ。息ばくれ。やっと息綱がビクビク動いた。息綱の上と下で、小夜子とあたしは危うくつながる。

「潮があって、小鯛の群れがいた。あのときと同じじゃ。伊号はいよいよこの近くに沈んでいるに違いない」

小夜子の窪んだ鳶色（とびいろ）の眼が今は別人のように光っていた。

「立神爺と来たときも二転、三転、場所を変えたもんじゃった。わしらみたいに初めて来た者が、一遍でそこに行き着くはずはない。近くまでは来たんじゃろう。わしはそう思うぞ。あとは水底の艦の影を見つけるだけじゃ」

「そうに違いない」

あたしもこの齢で久しぶりに胸が高鳴るのを覚えた。また少しずつ場所を変えて二度三度と潜り直すと、魚の群れは眼の前を覆うほど増えてくる。色とりどりの小魚が水の中の花火のごとく湧き上がる。

はて、この辺りには魚の住み処となる岩礁はない。それでもこれほどの魚群が群れ集まるのはなぜじゃろうか。沈没船が魚礁となることは知られておる。

ここが潜水艦伊号の最期の場所だったなら、二十四隻の潜水艦が、あるものは腹這い、あるものは直立、また斜めに踏ん張って、打ち壊れ、散らばっているんじゃねえか。

そして赤、青、黄とりどりの貝類・藻類を鉄の船体に纏(まと)うて、大きな魚礁を広げていても不思議はない。

そうかもしれん。そうかもしれんぞ。

躍り上がらんばかりのあたしの腰で鉛ベルトがまたビクビク動く。ええい、うるさい。振り払おうとして、初めて自分の息がきれかかっていることに気が付いた。慌ててベルトを外して放り投げ、自分の息綱も同時に引いた。

小夜子に引かれて綱が上がる。足の下はいつの間にか真っ暗闇じゃ。魚を追ううち深く潜ってしもうたらしい。潜水ライトがぼんやりした影をとらえた。泳ぎ寄ると、斜めに傾いた塔の影がライトに照らし出された。

おお。この傾き加減はもしや伊ノ五八じゃあるめえか。

思わず手を伸ばすと、こびりついた貝殻がガリッと掌に当たった。どこかに「伊五八」の文字が記されておらんか。しかしこれほど傾きながら、よう倒れもせず七十余年こうして立っておった。よう頑張った。誰に見て貰うわけでもねえのに傾いて立っておったか。

また小夜子が息綱を引く。

うるさいおなごじゃ！

ほれ、いつかテレビで見たミクロネシアの漁師の話。小夜子は覚えとらんか？　八十歳の漁師が毎日素潜り漁をやる。その年寄りは水中を地上のごとく悠々と歩くんじゃ。どこを歩くと？　海の底じゃ。水中で魚獲る弓矢を持って、泳ぐでなく、まるで野原ば歩くように、ふうわりふわりと獲物ば探して歩く。そのひと潜りが何と八分じゃった。

八分間じゃぞ。人間も水に長く生きておればそのようになる。ならんというのは生き方が足りんのじゃ。あたしら百七十一歳じゃからな。ははは、もう充分生きたからな。

ああ、うるさい、綱を引くな。

まだ四、五分も潜っとらん。もう少し待っとれ！

あたしが水の中で船の上の小夜子を叱りつけていると、辺りに何やら線香の白い煙が流れてきた。良い香りもしてくる。上から小夜子が線香を焚きながら降りて来た。

「ああ、こんなこともあろうかと来てみたが！」

と小夜子が眼をみはっておる。しげしげと傾いたその姿を眺めて、

「こりゃ伊ノ五八ではないか」

「いや、ただの鯨じゃろう」

あたしがわざと大きな声でそう言うと、牡蠣殻の付いた船首の暗い裂け目から低い鼾のような音が洩れた。音のようでも声のようでもある。

「じぶんは、日本帝国海軍の潜水艦、伊ノ五八だ」

あたしの耳にはそう聞き取れた。小夜子とあたしは黙って顔を見合わせた。クスリと笑うた。

小夜子が伊ノ五八に手を合わせた。それから線香の煙を辺りいちめんに条々と振り撒いてやる。白煙は竜のように流れた。

「お前さんがインディアナポリスを沈めたときは、大したお手柄じゃったなあ。原子爆弾を止める暇はなかったけども、終戦間際の最後に一矢報いたわけじゃ」

と小夜子が言うと、また鼾に似た声がした。

「とおい、むかしの、ことだ」

今度はあたしが声をかけてみた。

「この辺りに伊ノ四〇二が沈んではおらんか？」

「むこうに、伊ノ四七が、たっているのがみえるか。伊ノ四〇二はその奥に眠っておられる」

教えられた通りにあたしだちは薄暗い水を分けて行った。何や月夜の砂漠を歩くような気分がした。ここには実際に岩礁というものがない。それで砂地の海の底は海藻の一本も生えてなかった。伊ノ四七はその砂漠に真っ直ぐ、右にも左にもぶれず、見事に直立しておった。

「沖縄戦ではご苦労じゃったな」

とあたしだちは挨拶ばした。

「とおい、むかしの、ことだ」

鉄の艦は二隻とも同じ響きじゃった。線香の煙が白い竜のように水の中をしずしずと昇って行って、高い船首に巻き付いた。鉄の艦はうっとりと煙に包まれているようじゃ。

あたしだちはまた歩き出した。

先は砂漠だけが続いてる。

「伊ノ四〇二は地べたに這いつくばっている。見つけにくかろう」

潜水ライトを砂地に当てながら行くと、やがて恐ろしく長い影が海底に延びていた。これじゃな。あたしだちは近寄って行った。

潜水艦というものは戦艦と違うて細身じゃった。海に潜るのでよけいな装備は省いている。細うて長い船体はナイフみたいじゃ。その美しいナイフが錆びて、牡蠣殻や藻に包まれて腹這うていた。

「なんと大きな鯨じゃろう！」

あたしが声を出した。しかし返事がない。

「鯨で一番デカいのはシロナガスクジラじゃったな」

やっぱり返事がない。

軍艦の規則は秘密厳守じゃから警戒しとるのか。戦さを経た巨体は満身創痍ではなかった、満身牡蠣殻藻類珊瑚海百合など数多の海底生物に覆われておる。船腹に生えた海百合がヒョロリと揺れておる。小夜子は涙を払うた。

待て、鼾が聞こえてくる。

るるるるる……、
らりらりらり……、
ららららら……、

低く地を伝うように流れていく。

「ああ、鯨の歌じゃ。まことに歌うておるぞ」

小夜子が感に堪えたようにつぶやいた。

こいつは眠っているのではなくて、彼方の朋友と交信ばしておるんじゃ。こないだ美歌の叔父さんの話ば聞いたばっかりじゃ。立神の爺も昔に聞いたと言うていた。波の静かなとき鯨の歌は船室まで聞こえてくるという。爺に言わせると人間の鼾に似ておるとかじゃが、起きて動いているから鼾ではなかろうと笑うていた。

するとこの巨体は潜水艦伊ノ四〇二じゃのうて、本物のシロナガスか、何れにしても世に珍しい大鯨かもしれん。

そのとき、ぐらりと巨体が揺れて、

「なにものか？」

と聞いた。威厳がある。

「あたしはアワビ獲りの海女じゃけども。この海に潜水艦の墓場があると聞いてお詣りにきた。お前さんは鯨か、それとも潜水艦か」

そばで小夜子が慌てて線香の煙を振り撒き始めた。

黒い満身牡蠣殻藻類珊瑚海百合の巨体があたしに言うた。

「姉(あね)さん」

と物言いにも作法を心得ておるようじゃ。

「じぶんには、なにも、わからぬ。どっちだと、おもうか？」

そう問われてはあたしも困る。

「生まれはどこかな」

差しあたり聞いてみた。伊ノ四〇二の建造はな、長崎の佐世保港の海軍工廠で、あたしらとは同郷の仲じゃ。

しかし牡蠣殻の巨体の返答は思いも寄らぬものじゃった。

「いや。じぶんの、こきょうは、べーりんぐかい」

「ベーリング海、というたら北の海じゃねえか」

「ああ、きたはんきゅうの、うみで、そだった」

そんならまったく鯨じゃねえか。

「そうじゃ、鯨じゃねえかや」

と小夜子も口を合わせた。

「そうかも、しれぬ……」

「潜水艦伊ノ四〇二ではないんか？」

「そんなきも、しないではない」

本当にわからんようでもある。

「とおい、むかしの、ことだ」

小夜子とあたしはまた顔を見合わせた。どうする。この黒い満身牡蠣殻藻類珊瑚海百合の巨体をどうする。このまま朽ちるに委せておくか。

「姉さん」

と、また言うた。少しばっかりこそばゆい。

「鯨は二百歳ほどいきるというが、わたしはなんさいくらいにみえるか？」

さて、戦後も七十余年は経っておるから……、

「うむ、ずいぶん年寄りに見えるがのう……」

「そうか……。姉さんは、なんさいに、なられるか」

あたしは、ふと考えた。

「八十五歳じゃ」

「姉さんもずいぶんとしよりにみえるが」

倍暦で言うたらさぞ吃驚（びっくり）するじゃろうな。

「何か思い残しとることはないか？」

「てんのうへいかに、ほうこく、せねばならん」

ほれ、やっぱり帝国海軍の潜水艦じゃねえか！

「ほうこく、せねば、ならん」

「今の天皇に言うて行っても仕方ないぞ」

と小夜子が諭してやる。

昔を載せた巨きな乗り物はとっくに去（い）んでしもうた。

積み残されたこの巨体の、満身牡蠣殻藻類珊瑚海百合の怪物をどうするか。

「いや。じぶんは、やはり、鯨だろう。それなら、もはや、おもいのこすことはない」

おお。鯨が思い悩んでおるぞ……。

この大きな艦(ふね)が悩んでおる。人間より大きく、怪物のごとくなり、しかし怪物にもなりきれず、さりとて艦にしては人間のごとく憾(うら)みが深くなりすぎた。この海の底に埋もれかかった、黒い満身牡蠣殻藻類珊瑚海百合を纏うた鉄の塊……。こいつをどうするか。

そのとき、ふとあたしはまだ見たこともない北の海が頭に浮かんだ。

「お前だちはベーリング海の生まれなら、エンペラー・シー・マウンテンを知っとるか？　カムチャッカ半島のすぐそばじゃ」

「しっている。じぶんらは、しんかいも、もぐるからな。あそこには、たかいやまが、いくつも、しずんでいる」

「それがエンペラーの山じゃ。エンペラーがわかるか？　ニッポンの天皇じゃ」

「なぜ、……へいかが、うみのそこに、おられる？」

あたしはちょっと詰まった。そして考えた。

「みんな命あるものは昔、海の底で生まれた。天皇もあたしらも鯨もみんなそうじゃ。そして北の海にはシー・エンペラーがござらっしゃる……」

そのときむっくりと巨体が動き始めた。黒い満身牡蠣殻藻類珊瑚海百合の長い長い塊が、砂地を這うてぞろぞろと動いて行く。

るるるるる……。らりらりらりらり……。らららららら……。

海の底へ朽ち果てた朋友に何事か呼びかけておる。するとあちこちの海底から砂煙が巻き上がり、地響きが起きてきた。振り返ると伊ノ四七が巨大な電信柱の歩くごとくドッドッドッドッとやってくる。

伊ノ五八は斜め六〇度に傾いたままこれも大音響を立てて進んでくる。あたりは砂煙と濛々たる線香の煙で一杯になった。

何も見えぬ。

「どうする、どうする!」

あたしが言うた。

「わしらも行こう」

小夜子の声が応じた。

そうじゃな。行こう、行こう。

海の原を越えて海の丘を越えて、この世の地の底をこの黒い満身牡蠣殻藻類珊瑚海百合軍団に付いて行ってみるか。しかしだんだん水の膜が厚うなってくる。水圧が増してきたのか。水の膜が破れぬ。あたしを押し返してくる。

押せ。押せ。踏ん張れ。突入じゃ!

勢い余ったあたしは水の膜に頭を突っ込んだ。

ザブリとこちらも水じゃった。生温かい暗い水の中であたしは眼を見開いて、辺りを見た。

おばあちゃん！

美歌の顔が間近にあった。

見たことがある美歌の産科の診察室じゃ。いつかのあの四角い暗い画面にあたしはぬっと首を出していたのじゃった。美歌の顔があたしを見て眼を見張った。

「おばあちゃん、おばあちゃん！」

と半身を起こして叫び出した。

医者が吃驚して後ずさる。

あたしは部屋を見回すと、日の光を求めて窓から外へふわりと漂い出た。


ザブリとまた水の膜に沈み込んだ。

美歌の声は聞こえなくなった。

上を見ても下を見ても水ばかり。あたしは魚のように泳いで、水の底へ潜っていく。暗い水の膜の下の方に海底が見えてきた。

おう。見える、見える。海の底の原を越え、丘を越えて長い長い無蓋貨車が行く。どっさりと兵士の髑髏（どくろ）を積んでゴウゴウと走っている。

その横を伊号だち二十四隻、満身牡蠣殻藻類珊瑚海百合の列がぞろぞろと進んで行く。

先頭には小夜子がいた。

あたしもそばに降り立った。

こやつだちを連れて行く先は、カムチャッカの深い海の底しかあるまい。そこには在るか、無きかの、海のエンペラー・シー・マウンテンが影のごとく聳えてござらっしゃるじゃろう。

らりらりらりらり……
るるるるるるる……
うみゆかば　みずくかばね
りりりりりりりり……
おおきみの　へにこそ　しなめ

潜水艦の鯨だちが歌うておる。

そのうち先頭の伊ノ四〇二の巨体がぐらりと波を揺らして立ち上がった。ぼわりと波間に姿を現すと、見上げるばかり、ゆっくりと夢のごとくに空へ昇って行く。

順々に伊ノ四七が海底の砂地を離れ、後を伊ノ五八が追うた。そうやって二十四隻の艦が、いや、満身牡蠣殻藻類珊瑚海百合に包まれた影がぽかりぽかりと空に昇って行く。

あたしも今は空を漂うておる。

あたしもこれでいいんじゃろうか?

雲の間に漂うてそう考える。

あたしら、古い人間じゃからのう。

思えば戦後の長い間あたしら年寄りはずっと口ば結んでいた。戦さのことを口にすると、いつまで昔のことを言うているかと、どこぞで声がするような……。

しかしもうこれですんだ。

よか、よか。ハハハハハ……。

気持よか。

これが窒素酔いというもんじゃろうか。

まだその酔いが残っておる。

クジラ雲の列は薄れてしらじらと消えていった。

何や夢のごとある。

あたしもだいぶ薄うなってきたようじゃ。

思わず辺りを見た。

おうーい、小夜子ォーー。

あんたァ、どこへ行ったかよォ。
何や見えぬようになった。じゃが、それももうよかろう……。

謝辞

この作品を書くにあたり、九州や済州島の現地にて海で働く人たちの貴重な話を聞きました。左記の本を参考にしました。

『ものと人間の文化史一〇九　漁撈伝承』川島秀一　法政大学出版局
『太平洋　その深層で起こっていること』蒲生俊敬　講談社ブルーバックス
『五島列島沖合に海没処分された潜水艦24艦の全貌』浦　環（一般社団法人ラ・プロンジェ深海工学会 代表理事）　鳥影社
『ノミのジャンプと銀河系』椎名誠　新潮選書

なお取材にあたり、『最後の漂海民　西海の家船と海女』（弦書房）の著者・東靖晋さんには重ね重ねお世話になりました。
また執筆半ばに山口県下関市の独立行政法人・水産大学校のホームページwww.fish-u.ac.jpを

発見し、練習船「耕洋丸」での天皇海山列への航海実習記録を得てストーリィに生かすことができました。この小説の幸運の一つといえます。

もう一つの幸いは、ラ・プロンジェ深海工学会が刊行した、魂の震えるような沈没船の写真図版に出会ったこと。

そしてこの小説が完成するまでには、編集者の矢坂美紀子様、校閲の方にはひとかたならぬ尽力を頂き、感謝に堪えません。また菊地信義様には素晴しい装幀を頂いて御礼申し上げます。

この本でお世話になったすべての方々に感謝いたします。

二〇二一年五月

村田喜代子

装画　服部知佳
装幀　菊地信義

初出誌　「小説トリッパー」二〇一八年夏季号から二〇二〇年夏季号まで「妹の島」として連載。書籍化にあたって、タイトルを変更し加筆修正した。

村田喜代子（むらた・きよこ）

一九四五年、福岡県八幡（北九州市）生まれ。一九八七年『鍋の中』で芥川賞、九七年『蟹女』で紫式部文学賞、九八年「望潮」で川端康成文学賞、九九年『龍秘御天歌』で芸術選奨文部大臣賞を受賞。二〇〇七年、紫綬褒章受章。二〇一〇年『故郷のわが家』で野間文芸賞、二〇一四年『ゆうじょこう』で読売文学賞、二〇一九年『飛族』で谷崎潤一郎賞受賞。著書に『人が見たら蛙に化れ』『あなたと共に逝きましょう』『縦横無尽の文章レッスン』『光線』『屋根屋』『八幡炎炎記』『焼野まで』ほか多数。

姉(あね)の島(しま)

二〇二一年六月三〇日　第一刷発行

著　者　村田喜代子(むらたきよこ)
発行者　三宮博信
発行所　朝日新聞出版
〒一〇四-八〇一一　東京都中央区築地五-三-二
電話　〇三-五五四一-八八三二（編集）
　　　〇三-五五四〇-七七九三（販売）
印刷製本　中央精版印刷株式会社

ISBN978-4-02-251762-3
定価はカバーに表示してあります。

村田喜代子の本

朝日新聞出版

焼野まで

私はガンから大層なものを貰ったと思う――。体内の小さなガン細胞から宇宙まで、比類ない感性がとらえた病と魂の変容をめぐる傑作長編。

朝日文庫